Merlod Maes-y-cwm

MIAREN

AR
WERTH

Che Golden

Addasiad Siân Lewis

Gomer

D1407222

Cyhoeddwyd gyntaf ym Mhrydain yn 2014 gan
Oxford University Press,
Great Clarendon Street, Rhydychen, OX2 6DP
dan y teitl *Mulberry For Sale*.

Cyhoeddwyd gyntaf yn Gymraeg yn 2014 gan
Wasg Gomer, Llandysul, Ceredigion, SA44 4JL
www.gomer.co.uk

ISBN 978 1 84851 771 4

Dymuna'r cyhoeddwr gydnabod cymorth
Adrannau Cyngor Llyfrau Cymru.

Argraffwyd a rhwymwyd yng Nghymru gan Wasg Gomer,
Llandysul, Ceredigion, SA44 4JL

I India a Maya,
sydd byth yn blino
ar farchogaeth

Pennod 1

Anadlodd Sam yn ddwfn, dal ei gwynt a sbecian dros ddrws stabl Miaren. Iyyyych! Dros nos roedd y llawr wedi troi'n slwtsh unwaith eto. Roedd y sglodion coed melyn ffres wedi troi'n frown a soeglyd. Ochneidiodd Sam. Byddai'n rhaid iddi fwrw ati a glanhau. Am hunllef! Cnodd Miaren ei gwair a gwylio Sam yn ofalus a'i llygaid duon yn llawn direidi.

'Cymer anadl cyn dechrau gweithio, ddwy-goes,' meddai. 'Dyw'r stabl ddim yn mynd i lanhau ei hunan.'

Tynnodd Sam wyneb hyll. 'Wnest ti hyn yn bwrpasol,' meddai.

'Naddo!' meddai Miaren, ac esgus edrych yn ddiniwed.

'Wel, pam mae'r gornel lle rwyt ti'n cysgu'n lân ac yn dwt?' holodd Sam.

Stopiodd Miaren gnoi ac edrych i lawr ei thrwyn hir ar Sam. 'Dwi ddim yn mynd i orwedd ar ben pw, ydw i?' gofynnodd. 'Ydw i'n edrych fel mochyn?'

'Fyddwn i ddim yn insyltio mochyn,' meddai Sam. 'Rwyt ti'n llawer, llawer gwaeth.'

Cododd Miaren ei gwefus uchaf, dangos ei dannedd a gwenu. Ysgydwodd ei mwng. 'Wel, rwyt *ti* fel dafad, me-e-e, me-e-e, me-e-e,' meddai Miaren. 'Neu fel ci sy'n swnian drwy'r amser. Carthu yw dy waith di, nid cwyno, felly dechrau arni.'

Tynnodd Sam y bollt, agor y drws a gwthio'i berfa i'r bwlch rhag ofn i Miaren benderfynu dianc. Doedd y bolgi bach ddim yn debyg o wneud hynny chwaith, tra bod gwair ar ôl i'w fwyta. Gwthiodd Sam ei fforch i'r pw caled a thuchan a stryffaglu i'w godi o'r llawr.

'Mae hyn yn lladdfa,' meddai Sam.

'Paid â rhoi'r bai arna i,' snwffiodd y ferlen ddu. 'Chi, bobl, sy'n pallu gadael i ni grwydro'n hapus drwy'r coed a'r caeau, a phrancio drwy'r wlad. Chi sy'n rhoi cyfrwy ar ein cefnau a genfa haearn rhwng ein dannedd, a'n gorfodi i weithio er mwyn i chi gael hwyl. Y peth lleia allwch chi wneud yw glanhau pw. Dwi ddim yn hoffi byw mewn stabl, cofia. Mae'n gwneud fy asthma i'n waeth.'

Roedd Sam ar ganol codi llwyth o slwtsh i'r ferfa pan stopiodd yn stond a syllu'n gegagored ar Miaren. 'Dwyt ti ddim yn dioddef o asthma!'

Cododd Miaren ei thrwyn. 'Dwi'n pesychu weithiau,' meddai. 'Mae hynny'n dangos bod rhywbeth yn bod ar fy ysgyfaint.'

'O, rwtsh,' meddai Sam, a dal i garthu a'r chwys yn sgleinio ar ei thalcen. 'Ti sy'n esgus, er mwyn osgoi gwaith!'

'Na. Mae byw mewn stabl yn 'y ngwneud i'n sâl, cred ti fi,' meddai Miaren.

'Rwyt ti'n berffaith iach,' meddai Sam. 'O leia dwi'n meddwl dy fod ti. Taset ti'n llai ffyrnig, byddai'r milfeddyg yn fodlon dod i dy weld di a rhoi archwiliad i ti'n amlach. Cofia be wnest ti i'r un diwetha!'

'Ei fai e am gripian tuag ata i â nodwydd yn ei law,' cwynodd Miaren.

'Roedd e'n *trio* rhoi brechiad i ti,' meddai Sam. 'Ar ôl i ti ei gnoi, roedd rhaid iddo gael pwythau.'

'Hy! Dim ond dwy neu dair,' wfftiodd Miaren.

'Roedden nhw'n dal yn BWYTHAU!' gwaeddodd Sam.

'O, bydd dawel!' meddai Miaren. Tynnodd lond ceg o wair o'r rhwyd a'i wthio yn erbyn gwefusau Sam. 'Rwyt ti'n rhy wan. Bwyta frecwast.'

'Gad lonydd i fi!' meddai Sam, a gwthio Miaren a giglan.

'Iym, iym,' meddai Miaren, a rhwbio'r gwair yn erbyn wyneb Sam nes ei bod hi'n chwerthin dros y lle. 'Mae'n dda i ti, un o'r pump y dydd. Mae gwair iach yn gwneud pw iach.'

Tawelodd y ddwy. Roedd sŵn esgidiau lledr yn dod yn nes ac yn nes. Aeth Miaren yn ôl i fwyta a gweithiodd Sam yn gyflymach wrth i ffigwr main esgyrnog sefyll ger y ferfa, gan gysgodi'r haul a thywyllu'r stabl.

Rhoddodd Sam y rhaca ar lawr a thrio peidio llyncu mewn braw, wrth weld wyneb miniog Miss Mwsog, perchennog Ysgol Farchogaeth Maes-y-cwm a pherchennog Miaren yn syllu i lawr arni.

Hanner caeodd Miss Mwsog ei llygaid, a gwasgu'i gwefusau gwyn nes eu bod nhw bron â diflannu. Roedd ei gwallt du, syth wedi'i dynnu'n fynen dynn ac roedd hi'n edrych mor daclus ag arfer yn ei siaced frethyn werdd, ei *jodhpurs* lliw hufen, yr esgidiau lledr du, a'i chrys gwyn. Syllodd Miss Mwsog ar y stabl, a llithrodd ei llygaid glas oeraidd dros Miaren. Roedd hi'n chwilio am esgus i gwyno. Crychodd Miaren ei thalcen a gwasgu'i chlustiau'n fflat ar ei phen.

'Dylai'r stabl fod yn lân erbyn hyn,' meddai Miss Mwsog yn gwta.

'Sori, Miss Mwsog, dwi'n gweithio mor gyflym ag y galla i,' meddai Sam. 'Mae Miaren wedi gwneud tipyn o lanast bore 'ma . . .'

'Marchog gwael sy'n rhoi'r bai ar ei cheffyl,' meddai Miss Mwsog ar ei thraws, ac edrychodd Miaren yn ddig ar Sam. 'Pan rois i ganiatâd i ti helpu yma, Miss Llwyd, doeddwn i ddim yn disgwyl i ti dreulio'r amser yn siarad â ti dy hun yn lle gweithio.'

'Na, Miss Mwsog,' meddai Sam. 'Mae'n ddrwg gen i, Miss Mwsog.'

'Mae teulu'n dod i weld Miaren ymhen awr a hanner,' meddai Miss Mwsog. 'Rhaid i ti ei brwsio, rhoi harnais arni, a gofalu ei bod hi'n barod i'w reidio. Dwi'n disgwyl iddi hi a'i chyfrwy a'i ffrwyn fod yn loyw a pherffaith.'

'Iawn, Miss Mwsog,' meddai Sam, a'i chalon yn suddo.

'Dwi'n gobeithio cael pris da amdani, ar ôl iddi berfformio mor wych yn y Sioe Haf,' meddai Miss Mwsog, a gwenu'n hunanfodlon cyn cerdded i ffwrdd. Arian oedd hoff beth Miss Mwsog.

Daeth lwmp i wddw Sam wrth feddwl am werthu Miaren. Oedd, roedd Miaren wedi perfformio'n wych yn y Sioe Haf. Roedd hi'n ferlen gyflym a thalentog. Ond roedd hi hefyd yn flin ac yn styfnig, a chyn i Sam berswadio Miaren i adael iddi fynd ar ei chefn, doedd neb yn stablau Maes-y-cwm wedi mentro'i marchogaeth ers oesoedd. Roedd hi a Miaren yn bartneriaid, ond doedd neb arall yn sylweddoli hynny. Dim hyd yn oed Alys, ei chwaer fawr, na Mam, a oedd wedi gwrthod prynu Miaren rhag ofn i'r ferlen wneud niwed i Sam. Fyddai Miaren byth yn gwneud y fath beth, roedd Sam yn siŵr o hynny. Roedd y ddwy'n siwtio'i gilydd yn berffaith, ac roedd Sam eisiau prynu Miaren yn fwy na dim yn y byd. Sychodd ddeigryn o'i llygad a dal ati i garthu. Erbyn y Nadolig, merch fach arall fyddai'n brwsio Miaren ac yn ei reidio mewn sioeau. Doedd hi ddim yn deg.

Pennod 2

Brwsiodd Sam Miaren yn ofalus iawn. Roedd hi wedi bwriadu'i reidio'r diwrnod hwnnw beth bynnag, felly roedd y cyfrwy a'r ffrwyn yn lân ac yn sgleiniog. Wrth dynnu'r brws dros ochrau du gloyw Miaren, sylwodd Sam fod ei chôt yn tyfu'n fwy trwchus a fflwfflyd wrth i'r gaeaf nesáu. Roedd hi'n newid o sidan i felfed, a gallai ddal y blew ar asennau Miaren rhwng blaenau'i bysedd. Ochneidiodd y gaseg fach yn hapus wrth i Sam frwsio'i chôt nes ei

bod hi'n sgleinio, a thynnu'i bysedd drwy'i mwng garw nes symud pob cwlwm.

Allai Sam ddim help gofyn y cwestiwn oedd ar ei meddwl, er ei bod hi'n gwybod beth fyddai ateb Miaren. 'Beth petawn *i*'n dy brynu di, Miaren?'

'Yr un hen gwestiwn,' meddai'r ferlen. 'Dwi wedi dweud wrthot ti, ddwy-goes. Does gen i ddim amser i ddysgu rhywun fel ti. Ta beth, fydda i ddim yn symud os na cha i rywle sy'n fy siwtio i. Falle na fydda i'n symud o gwbl.'

'Beth wyt ti'n feddwl?' gofynnodd Sam.

'Dim,' meddai Miaren.

'Paid ti gwneud dim byd dwl, Miaren,' rhybuddiodd Sam.

'Dwi byth yn gwneud pethau dwl!'

15

Hm! Llygadodd Sam y ferlen fach wrth frwsio'i thrwyn yn dyner, ond penderfynodd beidio â dadlau. 'Pa fath o gartref wyt ti eisiau 'te?'

'Dwi eisiau plentyn sy'n mynd i lot fawr o sioeau,' meddai Miaren. 'Dwi eisiau bod yn seren unwaith eto, yn ennill rhubanau, yn clywed curo dwylo, ac ati. Dwi eisiau neidio mewn sioe, rhedeg ar draws gwlad, a gwneud pethau peryglus. A, chwarae teg i dy fam, fydd hi ddim yn fodlon i ti wneud pethau peryglus, fydd hi?'

'Na, debyg iawn,' meddai Sam mewn llais bach.

'Ti'n gweld, dwi angen rhywun hyderus sy'n gwneud pob reid yn hwyl, rhywun heb fam ffyslyd sy'n disgwyl i fi ofalu am ei babi drwy'r amser,' parablodd Miaren, heb sylwi ar

16

wyneb trist Sam. 'Dwi eisiau digon o gaeau gwyrdd lle galla i bori, achos dwi ddim eisiau mynd i'r stabl yn rhy aml. Hefyd digon o fwyd da a llwyth o afalau gwyrdd. Perffaith.'

'Falle os allen ni brofi i Mam dy fod ti'n ddiogel . . .' meddai Sam.

'Profi, wir!' meddai Miaren yn gwta. 'Dwi wedi gwneud dim o'i le, ond dyw hi'n trystio dim ohona i. Ocê, fe wnes i dy daflu di unwaith neu ddwy ar y dechrau, ond dim ond er mwyn i ti ddysgu sut i reidio'n well.'

'Diolch!' meddai Sam yn sarcastig. 'Ond dyw Mam ddim yn ffysan am Alys a Melfed . . .'

'Dim diddordeb!' meddai Miaren. 'Pam ddylwn i weithio'n galed i drio gwneud argraff ar rywun sy ddim yn fy hoffi i?'

'Gobeithio y bydd y bobl 'ma'n garedig 'te,' meddai Sam a'i chalon ar dorri.

'Dwi ddim eisiau pobl garedig. Dwi eisiau pobl berffaith!' meddai Miaren. 'Gofala frwsio bob sglodyn pren o 'nghynffon i, achos alla i ddim edrych yn broffesiynol os oes gen i sglodion yn fy nghynffon.'

Rholiodd Sam ei llygaid. 'Dwi'n gwybod sut i drin ceffyl, diolch yn fawr.'

Meddyliodd am eiriau Miaren. 'Miaren, does dim byd yn berffaith. Rwyt ti'n deall hynny, yn dwyt?'

'Oes, mae 'na bethau perffaith,' meddai Miaren. 'Dwi wedi clywed sawl un o'r ceffylau'n dweud bod ganddyn nhw farchog perffaith neu gartref perffaith. Pam na alla i gael 'run fath?'

'Dyw eu bywydau nhw ddim yn berffaith, Miaren. Ceffylau hapus y'n nhw,' meddai Sam.

'Rwtsh!' meddai Miaren. 'Mae perffeith-rwydd yn bosib, a dwi ddim am gael fy ngwerthu nes i fi gael cartref perffaith!'

Ochneidiodd Sam ac ysgwyd ei phen. Roedd hi mor falch mai hi oedd yr unig berson yn y stabl oedd yn gallu siarad ag anifeiliaid a'u clywed yn ateb, ond weithiau roedd hi'n anodd deall meddwl anifail. Roedd hi'n caru Miaren â'i holl galon, ond roedd trio gwneud synnwyr o'i meddyliau'n rhoi cur pen iddi. Os oedd Miaren yn credu mai hi oedd yn iawn, doedd dim posib dadlau â hi, hyd yn oed pan oedd hi'n siarad nonsens. Er enghraifft, roedd hi'n hoffi byw yn stablau Maes-y-cwm, ac yn hoffi Sam, felly pam oedd hi eisiau cael ei gwerthu yn y lle cyntaf, a pham oedd hi'n gwrthod gadael i Sam ei phrynu? Doedd e'n gwneud dim synnwyr. Doedd dim o'r fath beth â chartref perffaith. Pam na allai Miaren ddeall hynny?

Ond doedd dim iws dadlau. Penderfynodd Sam gael sgwrs â Miaren yn nes ymlaen. Go brin y byddai'r ferlen fach yn darganfod ei phrynwr perffaith.

Ar ôl brwsio coesau Miaren ac oelio'i charnau bach glas nes eu bod nhw'n sgleinio, aeth Sam i nôl y cyfrwy a'r ffrwyn o'r stafell harneisiau, wedyn yn ôl â hi i'r stabl a'u rhoi ar Miaren oedd yn llawer mwy ufudd nag arfer. Roedd y ferlen fach mor awyddus i gwrdd â darpar-berchennog, wnaeth hi ddim gwasgu'i dannedd a chodi'i phen pan oedd Sam yn trio rhoi'r enfa yn ei cheg. Yn hytrach, fe blygodd ei phen, agor ei gwefusau a gadael i Sam lywio'r enfa ddur dros ei thafod. Yn ofalus iawn, symudodd

Sam y cyfrwy dros gefn Miaren, heb chwalu'r gôt felfed, ac fe dwtiodd y byclau a'r modrwyau bach lledr oedd yn cadw'r strapiau main yn fflat yn erbyn y ffrwyn. Plyciodd y lliain cyfrwy a gofalu'i fod e'n gorwedd yn esmwyth dan y gengl. O'r diwedd roedd Miaren yn edrych yn berffaith.

'Faint o'r gloch yw hi?' holodd Miaren.

Edrychodd Sam ar ei watsh. 'Mae'n bryd i ni fynd,' meddai. Pwysodd dros hanner-drws y stabl ac agor y bollt o'r tu mewn.

'Ardderchog!' gwichiodd Miaren, a bron iawn iddi daflu Sam ar wastad ei chefn wrth wthio'i ffordd allan o'r stabl. 'Bant â'r carrrrt!'

Cipiodd Sam yr awenau pan oedd Miaren yn rhuthro heibio, a phlannodd ei sodlau'n ddwfn yn y ddaear i'w harafu.

'CALLIA, Miaren!' gwaeddodd, wrth i'r

ferlen ruthro drwy dawelwch yr iard isaf ac allan i'r haul.

Roedd Ysgol Farchogaeth Maes-y-cwm yn brysur dros ben. Roedd disgyblion yn brysio i mewn ac allan, a'r rhai oedd yn talu Miss Mwsog am gael cadw'u ceffylau ar yr iard wrthi'n bwydo a rhoi dŵr i'w hanifeiliaid. Pranciodd Miaren drwy'r iard, gan snwffian yn falch a chodi'i charnau'n uchel wrth gamu. Gwellodd hwyliau Sam ryw ychydig, pan welodd hi bobl yn troi ac yn gwenu'n edmygus ar y ferlen fach. Roedd metel ei harnais yn fflachio yn yr haul a'i chôt yn felfed gloyw. Dim ots pa mor sarrug oedd Miaren, gwyddai Sam fod pawb ar yr iard yn gweld pa mor hardd oedd hi'r funud hon.

Pawb ond un, sef Plwmsen, y Shetland fach oedd yn bachu ar bob cyfle i bryfocio

Miaren. Roedd Plwmsen wrth ei bodd yn gwneud i Miaren golli'i thymer.

'Www, edrychwch ar Miss Pants-Posh!' gwawdiodd Plwmsen. Y tu ôl iddi giglodd Mici a Tyrbo, y ddau Shetland oedd yn rhannu'r un darn o sgubor. 'Meddwl dy fod ti'n well na phawb arall, yn dwyt?'

Stopiodd Miaren, plygu'i phen tuag at Plwmsen a chwythu drwy'i ffroenau nes bod blaen mwng y Shetland yn hedfan.

'Dwi *yn* well na phawb arall,' meddai Miaren, mewn llais hynod o addfwyn am unwaith. 'Dwi mor wych, mae rhywun am fy mhrynu i. Pwy fyddai eisiau ti? Dim ond rhywun sy'n chwilio am asyn glan môr.'

'Hy!' meddai Plwmsen. 'Wel, pan welith pobl pa mor hen wyt ti, fyddan nhw ddim yn fodlon talu'r pris mae Mwsog wedi'i roi arnat ti. Falle cei di dy werthu am dy gig.'

Rholiodd Mici a Tyrbo yn y gwair gan sgrechian chwerthin. Rholio'i lygaid a dal ati i gnoi wnaeth Basil, y cob mawr drws nesaf. Stelciodd Miaren i ffwrdd â'i thrwyn hir yn yr awyr, a llusgo Sam y tu ôl iddi.

Ddwedodd Miaren 'run gair wrth gerdded heibio'r iard dop, heibio'r swyddfa ac allan i'r arena. *Gobeithio nad yw geiriau cas Plwmsen wedi'i hypsetio*, meddyliodd Sam. Gwingodd wrth glywed Miaren yn crensian yr enfa fetel, a'i gwasgu rhwng ei dannedd sgwâr melyn.

'Dere i ni fynd i gwrdd â'r bobl 'ma,' meddai Sam, gan edrych braidd yn nerfus ar Miss

Mwsog a Jên, y brif ferch oedd yn siarad â'r teulu ger gât yr arena. 'Betia i eu bod nhw'n bobl neis iawn. Ddim yn berffaith, ond yn neis.'

Dim ond snwffian wnaeth Miaren ac ysgwyd ei mwng.

Pennod 3

Roedd y teulu Dafis yn aros am Miaren wrth ymyl yr arena. Roedd gan y fam a'r tad a'r tri bachgen bach wallt melyn fel aur, a chroen wedi brownio yn yr haul. Roedden nhw i gyd yn gwenu'n gyffrous, ac yn edrych ymlaen at gwrdd â'r ferlen fach. Tybed a fyddai Miaren yn fodlon cael ei gwerthu heddiw? Cipedrychodd Sam arni, ond roedd Miaren yn esgus edrych yn bôrd. Os oedd y teulu wedi gwneud argraff arni, doedd hi ddim am ddangos hynny. Wrth arwain Miaren at y gât, clywodd Sam lais Jên.

'Byddai'n well tase'r bechgyn wedi brwsio a chyfrwyo Miaren cyn ei reidio,' meddai Jên wrth y teulu, â golwg ofidus ar ei hwyneb. 'Mae'n ferlen dda pan ddewch chi i'w nabod hi, ond mae'n gallu bod yn bigog, ac mae'n bwysig ei chadw dan reolaeth.

Dylai'r bechgyn weld a allan nhw ddod i ben â'i thrin hi.'

'O, dyw hynny ddim o bwys,' meddai'r fam, gan fflachio'i dannedd gwyn a chwifio'i llaw yn yr awyr. 'Os penderfynwn ni brynu'r gaseg, bydd y gweision yn gofalu amdani. Fydd dim rhaid i'r bechgyn ei thrin o gwbl. Os allan nhw'i reidio, bydd popeth yn iawn.'

'O, fe allan nhw'i reidio'i hi'n hawdd,' meddai Miss Mwsog, a gwgu ar Jên â'i hwyneb braidd yn goch. 'Mae pob merlen a cheffyl dwi'n werthu yn ufudd dros ben. Gall unrhyw blentyn eu reidio a gall y dysgwr mwya nerfus eu trin. Mae Miaren gystal ag unrhyw ferlen dwi erioed wedi'i gwerthu, ac yn dalentog iawn. Bydd eich bechgyn yn sêr y Clwb Poni ar gefn Miaren.'

Gwenodd y teulu, ond ddwedodd Jên yr un gair. Pwyntiodd Miss Mwsog at Sam. 'Dyma un o 'nisgyblion i,' meddai. 'Dyw hi ddim yn un o'r rhai gorau, ond mae Miaren mor garedig, ac yn symud mor dda, mae'n gwneud iddi edrych yn wych.'

Teimlodd Sam ei bochau'n llosgi wrth glywed y fath eiriau. Edrychai'r teulu'n anghysurus, ac edrychai Jên mor ddig nes i Sam ddisgwyl gweld mwg yn llifo o'i chlustiau. Sylwodd fod Miaren yn syllu o'i chwmpas yn chwyrn heb edrych ar neb. Yn bendant doedd dim golwg garedig arni.

Cliriodd Mr Dafis ei lwnc. 'Wel, dewch i ni weld Miaren yn dangos ei sgiliau.'

Nodiodd Sam a thywys y ferlen i ganol yr arena. Yn gyflym iawn fe wthiodd ei llaw rhwng y gengl a bol Miaren i wneud yn siŵr bod popeth yn ffitio'n dwt. Roedd Miaren yn hoffi chwarae tric a dal ei hanadl pan oedd Sam yn cau'r gengl. Roedd hynny'n golygu bod y gengl yn llac, ac unwaith, pan oedd Sam yn rhoi'i throed yn y warthol er mwyn dringo ar ei chefn, fe lithrodd y cyfrwy a chwympodd Sam yn ei hyd. Roedd Miaren wedi chwerthin nes ei bod hi'n sâl. Nawr roedd Sam bob amser yn gofalu bod y gengl yn iawn cyn dechrau, ac roedd hi bob amser yn gwisgo'i siaced amddiffyn.

'Maen nhw'n edrych yn deulu hyfryd, Miaren,' sibrydodd wrth ollwng y gwartholion a chydio yn yr awenau. 'Mae gweision ganddyn nhw. Mae'n swnio fel cartref da, a fydd 'na ddim prinder bwyd.'

'Hmff,' meddai Miaren.

'Bydd yn ferlen dda!' sibrydodd Sam,

a swingio'i choes dros gefn Miaren. 'Neu wnân nhw ddim dy brynu di.'

Fe gymerodd ychydig eiliadau i Miaren ddechrau gweithio o ddifri, gan fod Plwmsen wedi'i digio. Ond roedd Miaren yn hoffi cael ei marchogaeth, a chyn pen dim roedd Sam yn ei helpu i ddangos ei cherdded twt, ei throtian bywiog a'i gogarlamu esmwyth. Wrth ogarlamu roedd hi'n edrych yn ferlen berffaith, ei gwddw fel bwa a'i mwng yn llifo. Anadlodd Sam yn rheolaidd a chadw'i dwylo a'i chorff mor llonydd â phosib. Roedd Miaren yn casáu rhywun ffyslyd. Roedd Jên yn iawn, un bigog oedd Miaren. Ond os allai Sam ofalu peidio â thynnu ar y ffrwyn, ac eistedd mor dawel â thase hi'n gwylio'r teledu, yna byddai Miaren yn ymateb i bob gwasgiad o'i choes, ac yn cerdded, trotian a

gogarlamu. Yn dawel, llywiodd Sam y ferlen fach drwy gylchoedd a ffigyrau wyth, nes ei bod hi'n hedfan fel gwennol o amgylch yr arena.

Roedd Sam yn mwynhau lawn cymaint â Miaren, ond roedd hi'n torri'i chalon wrth glywed yr 'W!' a'r 'A!' o gyfeiriad wal yr arena lle safai'r teulu Dafis. *Maen nhw'n hoffi Miaren*, meddyliodd gan stopio'r ferlen drwy dynnu'i hysgwyddau'n ôl ac eistedd yn ddwfn yn y cyfrwy. *Byddan nhw'n ei phrynu hi heddiw cyn i fi gael cyfle i siarad â hi neu â Mam, a fydda i byth yn ei gweld hi eto.*

'Wel, roedd hynna'n wych,' meddai Mrs Dafis, â gwên fawr ar ei hwyneb. 'Dy dro di nawr, Henri. Gad i ni weld pa mor dda wyt ti.' Ar y gair dyma'i mab hynaf yn stwffio het ar ei ben, yn neidio i lawr o'r wal (gan ddychryn Miaren) ac yn cerdded ar draws y sglodion pren. Rhoddodd ei law ar yr awenau. 'I lawr â ti,' meddai wrth Sam. Edrychodd Sam ar ei wyneb, ac ar y wên fach wawdlyd ar ei wefus. Doedd Henri ddim yn fachgen dymunol iawn, meddyliodd. Tybed a oedd y teulu mor berffaith wedi'r cyfan?

Ond doedd gan Sam ddim dewis ond disgyn a rhoi'r awenau yn ei law. Snwffiodd Miaren yn ddrwgdybus. Yn amlwg doedd hi ddim yn hoffi'r bachgen bach anfoesgar oedd wedi'i dychryn. Cydiodd Sam yn y warthol i stopio'r cyfrwy rhag symud ar gefn Miaren a'i brifo pan fyddai Henri'n dringo ar ei chefn. Lwcus iddi wneud hynny, gan fod Henri mor lletchwith â phlentyn yn ei wers gyntaf. Dringodd ar gefn Miaren fel tase'n dringo wal, a llusgo'i bwysau drosti, a thynnu'r ferlen fach tuag ato. Llyncodd Sam wrth weld llygaid Miaren yn fflachio.

Ar ôl eistedd yn y cyfrwy, doedd Henri ddim tamaid gwell. Er i'w fam ddweud wrth Miss Mwsog ei fod e'n farchog talentog a'i fod am gael merlen allai ei helpu i ennill cystadlaethau, edrychai'n nerfus iawn. Roedd e'n plygu tuag ymlaen yn y cyfrwy, yn colli'i falans ac yn gwneud i Miaren golli'i balans hefyd. Roedd e'n cadw'r awenau mor fyr nes bod gên Miaren druan yn erbyn ei brest, ac allai hi ddim gweld ble i fynd. Pan oedd e eisiau iddi newid o gerdded i drotian, roedd e'n ysgwyd ei freichiau fel iâr ac yn ei chicio o hyd ac o hyd. Gwingodd Sam pan glywodd hi draed Henri'n taro asennau Miaren, ac edrychodd ar Jên. Roedd Jên yn gwylio'r bachgen, a'i hwyneb yn gandryll o wyn.

Yn ei hymyl roedd Miss Mwsog a Mrs Dafis yn parablu a brodyr bach Henri'n gweiddi, 'Cer yn gynt, Henri. Carlama!'

Roedd y gogarlamu'n ofnadwy. Byddai unrhyw farchog medrus yn eistedd yn ddwfn, heb godi wrth drotian, ac yn rhoi'r goes allanol y tu ôl i'r gengl a gwasgu wrth ogarlamu, a byddai ceffyl profiadol yn deall yr arwydd ac yn cyflymu'n esmwyth. Ond doedd gan Henri ddim syniad. Roedd e'n dal i dynnu ar geg Miaren, yn pwyso ymlaen, yn cicio mor galed nes bod ei hanadl yn pwffian o'i chorff, a gweiddi, 'CarSLAM, CarSLAM!' yn ei chlust. Doedd Sam erioed wedi gweld neb yn trin ceffyl mor wael.

Styfnigodd Miaren. Daliodd ati i drotian yn gyflym, fel roedd Henri wedi'i gorfodi i wneud, a chymerodd hi ddim sylw o'r sgrechiadau yn ei chlust. *O-o*, meddyliodd Sam. Os na allai Henri ofyn yn garedig iddi ogarlamu o fewn y pum eiliad nesaf, mi fyddai 'na helynt. Edrychodd ar Jên, i weld a oedd hi'n mynd i helpu, ond yr eiliad honno fe gollodd Miaren ei thymer a gwneud yn union beth roedd brodyr bach Henri am iddi wneud – mynd ar garlam rownd yr arena. Sgrechiodd Henri, gollwng yr awenau, taflu'i freichiau am ei gwddw a dal yn dynn, nes i Miaren wneud ei Sgid-stop enwog. Sgidiodd

Miaren a stopio, gan gorddi'r blawd llif ar y llawr, a thaflu'i chorff yn gyflym am yn ôl, nes bod Henri'n colli'i falans, yn hedfan gan sgrechian dros ei hysgwydd a glanio'n drwm ar lawr yr arena.

Am hanner eiliad roedd pobman yn dawel, a phawb yn syllu'n gegagored. Yna dechreuodd Henri nadu, dechreuodd ei frodyr bach grio, a dechreuodd Mr Dafis weiddi, 'Mae'ch hysbyseb chi'n GELWYDD NOETH!' Rhedodd Mrs Dafis i mewn i'r arena gan sgrechian, 'Fy nghariad bach i!' a cherddodd Miaren yn dawel i'r gornel a throi ei phen-ôl mawr tuag atyn nhw. Brasgamodd Miss Mwsog i mewn i'r arena a phwyntio'i chwip at Sam.

'Cer â'r anifail 'na o 'ma!' cyfarthodd cyn brysio i helpu Mrs Dafis, oedd yn magu

39

Henri fel babi. Roedd Henri'n crio fel babi hefyd, sylwodd Sam. Rhedodd at Miaren, cydio yn yr awenau a'i harwain ar frys o'r arena.

Pennod 4

'**M**iaren, rwyt ti'n ofnadwy!' meddai Sam. Roedd hi'n gwichian mewn braw, ond ar yr un pryd bron â chwerthin. Arweiniodd Miaren o'r arena ar ras, nes bod y gaseg fach yn gorfod trotian i'w dal.

'Glywest ti'r bachgen 'na?' holodd Miaren mewn tymer wyllt. '"CarSLAM, carSLAAAAAM." Y twpsyn twp! Byddwn i wedi rhoi slam go iawn iddo, oni bai ei fod e'n dal 'y mhen i mor dynn – roedd 'y mhengliniau'n taro 'nhrwyn!'

'Oi!' galwodd Plwmsen. ''Nôl yn barod?'

41

'Be ddigwyddodd?' holodd Tyrbo. 'Welson nhw'r crychau ar dy wyneb di?'

'Dere mas fan hyn a dwed hynna eto,' rhuodd Miaren, a rhuthro at gât y sgubor, ei chlustiau'n ôl a'i dannedd yn clecian. Gan wichian chwerthin rhedodd y Shetlands i gefn y sgubor allan o'i ffordd.

'Rhaid i ti symud yn gynt!' gwaeddodd Mici.

'Paid â chymryd sylw!' meddai Sam a rhoi plwc i'r awenau. Fe lusgodd hi'r ferlen ffyrnig drwy'r maes parcio, lle roedd pawb wedi stopio i syllu'n syn ar Miaren. Doedden nhw ddim yn ei hedmygu hi nawr. Aeth Sam â Miaren ar drot i'r iard isaf, ei harwain ar ras i'r stabl gysgodol, a brysio i dynnu'r harnais. Crafodd y ferlen fach y llawr yn wyllt ag un carn a chrensian ei dannedd.

'Roedd y bachgen yn ffŵl!' cyhoeddodd wrth i Sam dynnu'r ffrwyn yn ofalus.

'Oedd,' meddai Sam mewn llais siwgrllyd, a stryffaglu i ddatod y gengl. Trodd Miaren ei phen a chnoi'i braich.

'Aw!' meddai Sam a rhwbio'i braich. 'Be sy'n bod nawr?'

'Ti sy'n defnyddio llais siarad-ag-ebol,' meddai Miaren. 'Paid ti siarad yn neis-neis â fi, ac esgus mai fi sy ar fai. Allai'r bachgen 'na ddim reidio gât agored ar ddiwrnod gwyntog. Rwyt ti'n gwybod hynny'n iawn!'

Disgynnodd cysgod drostyn nhw. Cododd Miaren a Sam eu pennau a gweld Jên yn syllu arnyn nhw o'r drws. 'Wel,' meddai Jên. 'Roedd hynna'n hwyl, yn doedd?'

'Damwain oedd hi,' gwichiodd Sam, a thynnu cyfrwy Miaren o'i chefn.

'Nage ddim, paid â gwneud esgusodion drosti,' meddai Jên. Gwasgodd Miaren ei chlustiau'n fflat, ond estynnodd Jên ei llaw a chrafu'i thalcen. Ochneidiodd y ferlen ac ymlacio. 'Ond dwi'n gweld dim bai arni. "Gweision" wir!' snwffiodd Jên. 'Doedd y teulu 'na ddim yn siwtio'n Miaren fach ni. Mae hi angen rhywun sy'n fodlon ei brwsio,

ei thrin a dod i ddeall ei natur fach gymhleth. Yn bendant dyw hi ddim eisiau rhyw fabi mam, sy'n meddwl am ddim ond ennill gwobrau mewn sioeau. Mae Miaren fach angen rhywun sy'n ei charu, yn dwyt, pwt?' Hanner caeodd y ferlen ei llygaid. Roedd hi bron iawn â grwnan fel cath wrth i Jên ddal ati i grafu. 'Rhywun fel ti, Sam.'

Gwyliodd Sam a Miaren Jên yn cerdded i ffwrdd. 'Glywest ti, Miaren?' gofynnodd Sam. 'Fi sy'n berffaith i ti.'

Snwffiodd Miaren a phrocio Sam yn gariadus â'i hysgwydd.

'Dwi'n mynd i drio siarad â Mam eto,' meddai Sam.

'Sdim pwynt . . . Dangos i fi sut olwg oedd ar wyneb y bachgen 'na,' meddai Miaren a'i llygaid yn disgleirio.

Agorodd Sam ei llygaid yn llydan nes oedden nhw bron â neidio o'i phen, agorodd ei cheg fel O fawr a thynnu corneli'i gwefusau tuag i lawr. Cododd Miaren ei gwefus uchaf a chwerthin yn swnllyd fel asyn. Llithrodd Sam i lawr drws y stabl, a rhoi'i llaw dros ei cheg i dawelu'r gigls, wrth i Miaren wichian 'CarSLAM, carSLAM!'

'Ti mor ddrwg, Miaren!'

Plygodd y gaseg fach ei phen a brwsio wyneb Sam â'i gwefusau a'i thrwyn meddal, gan chwythu anadl sydyn oedd yn arogli o wair melys. 'Ond fe wnes i i ti chwerthin, yn do?'

Cododd Sam a phlethu'i dwylo y tu ôl i glustiau Miaren cyn plannu cusan mawr ar ei thrwyn meddal-fel-melfed. 'Ti'n dal i chwilio am rywun perffaith, wyt ti?'

'Dal i chwilio,' cytunodd Miaren.

Felly mae gen i fwy o amser i siarad â Mam, meddyliodd Sam.

Dim ots pwy oedd yn dod i'w gweld hi, roedd Miaren yn eu casáu. Roedd hi'n cwyno am bob marchog, ac yn defnyddio pob math o dric i'w taflu i'r llawr. Un o'r triciau oedd y Sgid-stop ddefnyddiodd hi ar Henri. Un arall oedd y Chwirligwgan, lle roedd hi'n rhedeg ar ras rownd yr ysgol, heb gymryd dim sylw o'r plentyn yn sgrechian ac yn tynnu'n wyllt ar y awenau. Wedyn roedd y Stop-top, lle roedd hi'n troi i'r ochr a phlygu ei hysgwydd, fel bod y marchog yn disgyn i'r llawr. Unwaith, pan oedd 'na ferch fach iawn ar ei chefn (rhy ifanc i'w reidio, a dweud y gwir), fe safodd yn stond yng nghanol yr arena a gwrthod symud. Fflapiodd y plentyn yr awenau a chwifio'i chwip, ond mynd i gysgu wnaeth Miaren. Roedd y ferch fach mor rhwystredig, fe

waeddodd dros y lle,
a bu'n rhaid i'w
mam ei chodi o'r
cyfrwy. Roedd balans
un ferch mor wael,
dim ond ysgwyd fel
ci wnaeth Miaren, ac fe
lithrodd y plentyn oddi ar ei
chefn, a landio'n drwm ar lawr yr ysgol a'r
awenau'n dal yn un llaw. Pan welodd Sam
wynebau syn y ferch a Miaren, bron iawn

iddi chwerthin dros y lle! 'O'n i ddim yn trio'i thaflu hi,' cyfaddefodd Miaren. 'Dim ond trio cael gwared o'r pryfyn oedd yn goglais 'y nghefn.'

Aeth yr wythnosau heibio. Roedd y tywydd yn oeri, y dyddiau'n byrhau a'r nifer o bobl oedd yn dod i weld Miaren yn mynd yn llai ac yn llai. Rhifodd Sam yr arian yn ei chyfrif banc a bachu ar bob cyfle i ganmol Miaren i Mam. Ond roedd Mam wedi clywed am gampau drwg Miaren, a phob tro roedd hi'n clywed enw'r ferlen, roedd hi'n gwasgu'i gwefusau'n un llinell dynn. Roedd tymer Miss Mwsog yn gwaethygu hefyd, a phob tro roedd Miaren yn camfihafio o flaen y prynwyr, roedd hi'n gweiddi ar Sam gan roi'r bai arni hi. Roedd hyd yn oed Jên yn gofidio. 'Mae'r ladi fach styfnig yn gwneud drwg iddi hi'i hun,' meddai wrth Sam. 'Dyw pobl ddim yn prynu merlod yn y gaeaf fel arfer, achos mae'r dydd yn rhy fyr, a does gan y plant ddim cyfle i reidio ar ôl ysgol. Os na chaiff Miaren brynwr cyn bo hir, falle bydd hi yma tan y gwanwyn, a fydd Mwsog ddim yn hapus.'

'Oes ots?' gofynnodd Sam. Roedd hi am i Miaren aros, ac i bopeth aros fel yr oedd.

'Dyw Miaren ddim yn fodlon cario dysgwyr ar ei chefn, felly bosib iawn y bydd Miss Mwsog yn cael gwared arni am ddim,' meddai Jên. 'A ti'n gwybod pa fath o bobl fydd yn dangos eu hwynebau, pan welan nhw hysbyseb "Merlen am ddim".'

'Pa fath?' gofynnodd Sam.

Edrychodd Jên arni, a'i llygaid brown yn llawn gofid. 'Fe allet ti gael pobl hyfryd iawn,' meddai, a brathu'i gwefus isaf. 'Teuluoedd sy'n methu fforddio prynu merlen ag arian parod, ond sy â digon o amser ac arian i ofalu amdani. Ond fe allet ti hefyd gael pobl sy am fachu'r ferlen er mwyn ei gwerthu i wneud arian. Y math o bobl fydd yn gwneud i Miaren weithio'n galed iawn. Wedyn, pan fydd hi wedi blino'n lân, byddan nhw'n ei dangos i ryw deulu sy'n deall dim am geffylau, ac yn esgus ei bod hi'n ferlen wych ar gyfer plentyn bach. Wrth gwrs pan fydd Miaren yn dod ati ei hunan ac yn llawn bywyd unwaith eto, bydd hi'n dychryn y plentyn a'r rhieni, ond fydd neb arall yn fodlon ei phrynu, gan fod pawb yn meddwl ei bod hi'n beryglus.'

Crynodd Miaren ac agorodd llygaid Sam mewn braw.

'Fyddai hynna ddim yn digwydd i Miaren!' meddai.

'Gall merlen gael enw drwg hyd yn oed os nad yw hi'n beryglus,' meddai Jên. 'Os yw pobl yn *dweud* ei bod hi'n beryglus, mae hynny'n ddigon. Fydd neb eisiau hi. Fe fu'n rhaid i ni stopio'i defnyddio yn yr ysgol farchogaeth am ei bod hi mor ddrwg. Fe reidiodd hi'n dda gyda ti yn y Sioe Haf, ond ers hynny mae hi wedi taflu cymaint o blant, mae pawb yn dechrau holi cwestiynau unwaith eto. A dyw hynny ddim yn plesio Miss Mwsog.' Edrychodd Jên i lawr ar Sam. 'Dwi'n gwybod dy fod ti am gadw Miaren, ond os wyt ti am iddi fod yn hapus, rhaid i ti wneud iddi fihafio.'

'Ond, sut?' gofynnodd Sam.

Ysgydwodd Jên ei phen a sbonciodd ei chyrls brown. 'Dim syniad, ond ti yw'r unig un sy'n gallu'i rheoli. Bydd raid i ti drio rhywbeth, neu wn i ddim be ddigwyddith iddi.'

Pennod 5

Crynodd Sam mewn braw wrth wylio Jên yn cerdded i ffwrdd. Edrychodd ar Miaren, ond roedd y ferlen fach ddu'n tynnu gwair o'r rhwyd, gan boeni dim.

'Glywest ti?' gofynnodd Sam.

'Do, wrth gwrs,' meddai Miaren. 'Roedd hi'n sefyll ddwy droedfedd i ffwrdd. Dwi ddim yn fyddar.'

'Dwyt ti ddim yn poeni?' gofynnodd Sam.

'Na,' wfftiodd Miaren. 'Dwi'n ferlen arbennig, dim ots be mae dy fam yn ddweud. Dwi'n siŵr o gael cartref perffaith.'

'Miaren, dyw hyn ddim yn ddoniol,' meddai Sam. 'DOES 'NA DDIM cartrefi perffaith. Sawl gwaith sy raid i fi ddweud wrthot ti? Mae'n rhaid i ti gytuno i gael dy werthu.'

'Fe wna i, pan ga i gynnig cartref perffaith,' meddai Miaren yn styfnig. 'Mae un yn siŵr o ddod.'

'Mae un wedi dod, ond dwi'n dal ddim yn berffaith, ydw i?' meddai Sam, a'r dagrau'n pigo'i llygaid.

'Paid,' meddai Miaren. 'Dwi ddim eisiau siarad mwy.' Trodd ei chefn ar Sam.

'O, cer i grafu!' sgrechiodd Sam a brasgamu i ffwrdd.

Stelciodd Sam drwy'r maes parcio gan ferwi mewn tymer. Roedd Miaren yn amhosib i'w thrin. Weithiau roedd hi'n teimlo fel llwytho'r gaseg fach ar lorri a gweiddi 'Hwyl fawr!' â gwên ar ei hwyneb. Roedd y ffaith bod Miaren mewn trafferth ac yn gwrthod gwrando yn ddigon i wneud iddi sgrechian.

Dim ond un person allai wrando ar ei chŵyn. Cerddodd heibio'r sgubor lle roedd y Shetlands yn cnoi gwair. Syllodd Plwmsen arni â'i llygaid mawr ffug-ddiniwed, ond ddwedodd hi'r un gair. Martsiodd Sam yn ei blaen i'r iard dop, lle roedd y ceffylau mawr yn byw, y rhai preifat a'r rhai oedd yn perthyn i'r ysgol.

Stampiodd Sam i lawr y llwybr rhwng y stablau. Gwingodd y ceffylau gan synhwyro'i thymer ddrwg. Safodd y tu allan i ddrws Melfed, ceffyl ei mam, a sbecian drosto. Crychodd y gaseg ei thrwyn ac ysgwyd ei mwng du trwchus.

'Ara deg, bach,' meddai yn ei llais dwfn, melys. 'Rwyt ti'n corddi'r awyr!'

Gwthiodd Liwsi, caseg ddu a gwyn Jên, ei phen dros ddrws ei stabl, drws nesaf i Melfed. Roedd ei llygaid yn fain a'i chlustiau'n fflat

ar ei phen. 'Mae gen i ben tost yn barod,' meddai. 'Beth yn y byd sy'n bod?'

'Miaren!' meddai Sam.

Edrychodd Liwsi a Melfed ar ei gilydd a rholio'u llygaid. 'Beth mae'r g'nawes wedi'i wneud nawr?' holodd Melfed.

'Mae'n taflu pawb ar lawr,' meddai Sam. 'A dwedodd Jên, os bydd hi'n dal ati, bydd Miss Mwsog yn cael gwared arni am ddim. Be sy'n bod arni? Dyw hi ddim eisiau cael ei gwerthu?'

Ar y gair rhedodd cryndod drwy'r rhesi o stablau. Gweryrodd ceffylau'n ofidus a gwthio'u pennau dros eu drysau. Dechreuodd un ferlen fach winau ysgwyd yn ôl ac ymlaen. Roedd hi'n gwneud hynny bob tro roedd hi'n nerfus, er bod ei pherchnogion yn trio'i stopio. Gwingodd Liwsi a Melfed.

'Gwerthu!' meddai Melfed. 'Mae pob ceffyl yn casáu'r gair.'

'Mae Miaren yn haeddu cael ei gwerthu,' meddai ceffyl mawr brown.

'Paid â dweud y fath beth!' chwyrnodd Liwsi a dangos ei dannedd mawr melyn. 'Dim ots pa mor ddrwg yw ceffyl neu ferlen, dy'n ni byth eisiau iddyn nhw gael eu gwerthu.'

'Ond dwi ddim yn deall,' meddai Sam. 'Dwedodd Miaren ei bod hi am gael ei gwerthu a mynd i gartref newydd.'

'Celwydd noeth,' meddai Liwsi. 'Un ddwl a chelwyddog yw Miaren.'

'Dyw ceffylau ddim eisiau cael eu gwerthu, pwt,' meddai Melfed yn dyner. 'Does neb eisiau cael ei lwytho i lorri heb wybod be sy o'i flaen. Perchnogion caredig neu berchnogion cas? Stabl gynnes yn y gaeaf oer, blanced ar dy gefn pan fydd hi'n glawio, neu ddim cysgod o gwbl? Llond bol o fwyd pan wyt ti'n llwgu, neu ychydig o chwyn? Milfeddyg pan fyddi di'n sâl, neu ddim gofal o gwbl? Ac i ferlod bach fel Miaren, y gofid yw y bydd plant y perchnogion yn anghofio amdanyn nhw ac yn eu gadael yn unig a thrist yn y cae. Dyw Miaren ddim eisiau mynd i'r fath gartref.'

'Ond wnaiff hi ddim cyfaddef hynny,' meddai Liwsi. 'Un fel'na yw hi.'

'Felly trio ennill amser mae hi,' meddai Melfed. 'Dyw hi ddim yn hapus iawn fan hyn, ond o leia mae hi'n gwybod beth i ddisgwyl.'

'Ond dw *i*'n caru Miaren!' meddai Sam. 'Fyddwn i ddim yn anghofio amdani nac yn gadael iddi fod yn oer neu'n llwglyd! Ond dyw hi ddim eisiau i fi berswadio Mam i'w phrynu! Mae hi wedi dweud hynny.' Dechreuodd Sam grio, a'r dagrau poeth yn llifo dros ei bochau.

Edrychodd Melfed a Liwsi ar ei gilydd ac ysgwyd eu pennau.

'Dwi'n meddwl bod ei chalon wedi torri,' meddai Liwsi. Nodiodd Melfed a chytuno.

'Beth y'ch chi'n feddwl?' gofynnodd Sam.

'Pan oedd Miaren yn gweithio yn yr ysgol farchogaeth, byddai hi'n dod yn ffrindiau â rhyw blentyn,' meddai Liwsi. 'Byddai'r ddwy'n cael hwyl gyda'i gilydd am flwyddyn neu ddwy, ond wedyn byddai'r plentyn yn tyfu'n rhy dal, ac yn symud ymlaen. Ar ôl stopio reidio Miaren, doedd y plant byth yn siarad â hi nac yn ei brwsio. Roedd hi fel tase hi wedi diflannu o wyneb y ddaear. Byddai'n aros amdanyn nhw, ond bydden nhw'n cerdded heibio heb edrych arni. Neu'n waeth byth byddai rhai'n dweud, "O'n i'n arfer reidio honna, ond nawr mae gen i geffyl gwell o lawer," a byddet ti'n gweld ysgwyddau Miaren yn suddo'n drist. Ar ôl

63

ychydig flynyddoedd, fe benderfynodd hi beidio bondio â neb.'

'Ond fyddwn *i* ddim yn ei thrin hi'n wael,' snwffiodd Sam drwy ei dagrau. 'Dwi'n ei charu hi gymaint!'

'Dwi'n meddwl ei bod hi'n gwybod hynny, ond dyw hi'n dal ddim yn siŵr a all hi dy drystio di, Sam,' meddai Melfed. 'Rho amser iddi. Tase dy galon di wedi torri gymaint o weithiau ag y mae calon Miaren, a fyddet ti'n barod i fentro eto?'

'O!' meddai Sam. 'Doedd gen i ddim syniad.' Estynnodd ei llaw a mwytho trwyn hir meddal Melfed. Gwnaeth y gaseg fawr, ddu sŵn yn ei gwddw a phlygu'i phen er mwyn i Sam allu tynnu blaenau'i bysedd dros ymyl y seren wen ar ei thalcen.

'Wyt ti'n poeni am gael dy werthu, Melfed?'

Crychodd y gaseg ei llygaid ac ysgwyd ei phen. 'Byth,' meddai yn ei llais dwfn melys. 'Mae dy fam yn 'y ngharu i ormod. Ry'n ni wedi bondio, ac yn bâr. All neb ein gwahanu ni.' Gwenodd Sam a chusanu Melfed ar ei thrwyn.

'Ond sgen i ddim llawer o amser i berswadio Miaren a Mam,' meddai Sam. 'Yn ôl Jên, bydd Miss Mwsog yn cael gwared arni os nad yw hi'n bihafio, ac alla i ddim gorfodi Miaren i 'nerbyn i, alla i? Rhaid iddi hi'i hunan benderfynu mai dyna be mae hi eisiau.'

'Mae hi eisiau bod gyda ti, Sam,' meddai Melfed. 'Ond mae Miaren wedi bod ar ei phen ei hun ers cymaint o amser, mae'n ofni cael ei gwrthod eto. Mae arni gymaint o ofn, all hi ddim gweld ei bod hi'n achosi problemau iddi hi'i hun drwy fod mor styfnig. Os gall unrhyw un gael y neges drosodd, ti yw honno.'

Ochneidiodd Sam. Pwysodd Liwsi'i phen hir ar ben drws ei stabl a syllu arni â'i llygaid mawr brown, a llyfodd Melfed ei hwyneb â'i thafod cynnes, garw. Roedd hi'n bwysig bod Sam yn cael Miaren i wrando.

Pennod 6

Roedd y teulu nesaf ddaeth i weld Miaren yn hyfryd dros ben. Roedden nhw'n deall ceffylau – y fam a'r tad yn reidio, ac roedden nhw'n chwilio am ferlen i'w merch fach, Mabli, oedd yn cael gwersi marchogaeth a bron â marw eisiau cael ei merlen ei hun. Helpodd hi Sam i roi'r harnais ar Miaren, a dechrau cwympo mewn cariad â hi'n syth.

'Mae hi mor bert,' meddai Mabli, gan fwytho côt Miaren â'i llaw fach. 'Ac mae hi mor ddu â Black Beauty.' Syllodd Miaren dros ben y plentyn a rholio'i llygaid ar Sam. Syllodd hithau yn ôl yn rhybuddiol. 'Dwi'n siŵr y bydd hi'n fy siwtio i'n berffaith. O, dwi eisiau merlen i mi fy hun. Dwi eisiau'i brwsio a'i thrin a'i bwydo a mynd allan am reid gyda Mam a Dad. A gallwn ni gystadlu

mewn sioeau ac ennill lot o rubanau!' Edrychodd i fyny ar Sam, a'i llygaid glas yn disgleirio. 'Bydd hi a fi'n gallu gwneud hynna, yn byddwn ni? Bydda i'n ei charu hi, a byddwn ni'n hapus iawn.'

Daeth lwmp i wddw Sam. Llyncodd yn gyflym. 'Byddai Miaren wrth ei bodd yn cael cartref mor hyfryd,' meddai, a syllu'n chwyrn ar y ferlen fach. '*Yn byddet ti*?' Crychodd Miaren ei hwyneb, heb ddweud gair.

'Rwyt ti mor ddoniol,' giglodd Mabli. 'Rwyt ti'n siarad â Miaren, fel tase hi'n deall pob gair.'

'Wel, dwi'n meddwl bod merlod yn ein deall ni,' meddai Sam. 'Ni sy ddim yn sylweddoli hynny.'

Nodiodd Mabli a'i chyrls coch yn sboncio. 'Dwi'n meddwl hynny hefyd,' sibrydodd.

Ar ôl campau Miaren o flaen y prynwyr eraill, mynnodd Jên fod Mabli'n dechrau reidio Miaren yn yr arena dan do, lle roedd tywod meddal ar lawr. Yn anffodus roedd brawd bach Mabli, a oedd braidd yn eiddigeddus o'i chwaer ym marn Sam, wedi mynnu reidio hefyd. Felly roedd e'n mynd i reidio Plwmsen, tra oedd Mabli'n reidio Miaren. Roedd Sam yn poeni. Doedd hi ddim yn hapus bod Miaren a Plwmsen mor agos i'w gilydd, ond beth allai hi wneud? Egluro wrth Miss Mwsog bod y ddwy'n gwneud dim byd ond insyltio'i gilydd a chweryla? Fyddai hi byth yn credu!

Arweiniodd Sam Miaren i'r arena dan do, a rhedodd Mabli at ei rhieni, oedd yn sefyll ar y llwyfan gwylio yn yfed te ac yn sgwrsio â Miss Mwsog. Pan gerddodd Sam a Miaren i mewn, roedd Jên a Plwmsen yn disgwyl amdanyn nhw, ac estynnodd Jên yr awenau i Sam. 'Edrych ar ôl yr un fach tra bydda i'n siarad â'r rhieni,' meddai. 'Mae Mabli'n fach iawn, felly dwi ddim am i Mwsog drio esgus bod Miaren yn sant sy byth yn gwneud dim o'i le, ac yn ddigon annwyl i roi'r plant yn y gwely bob nos a darllen stori iddyn nhw.'

Triodd Sam feddwl am reswm da pam na allai hi ddal Miaren a Plwmsen ar yr un pryd, ond roedd hi'n rhy hwyr. Cyn iddi agor ei cheg, roedd Jên wedi gwthio awenau Plwmsen i'w llaw ac yn brasgamu at y lleill. Â'i chalon yn suddo, safodd Sam rhwng dwy ferlen oedd yn syllu'n gas ar ei gilydd.

'Maen nhw'n edrych yn deulu hyfryd iawn,' meddai Plwmsen, gan gipedrych yn slei ar Miaren. 'Felly wnân nhw ddim dy brynu di. Ffaith!'

Snwffiodd Miaren. 'Wel, does dim ciw o bobl yn aros i dy brynu *di*,' meddai. 'Sach o esgyrn sy'n dda i ddim ond i wneud bwyd cŵn.'

'O, plîs, wnewch chi'ch dwy fod yn garedig am ryw awr fach?' sibrydodd Sam a gwylio Mabli'n sgipio tuag atyn nhw a'i hwyneb yn disgleirio.

'Pw-pants,' gwawdiodd Plwmsen.

'Trwyn-hipo,' chwyrnodd Miaren.

'Penbwl pathetig da-i-ddim, amhosib ei werthu,' meddai Plwmsen.

Symudodd Miaren mor gyflym â neidr, ond i Sam roedd y cyfan fel ffilm wedi'i harafu. Trodd y ferlen ei phen, dangos ei dannedd a rhoi naid tuag at Plwmsen. Gwichiodd honno, dechrau codi ar ei thraed ôl a throi o'i ffordd. Welodd Miaren mo Mabli'n estyn i fwytho'i thrwyn. Trawodd yn erbyn y plentyn a'i thaflu i'r llawr. Rhewodd Miaren, Sam a Plwmsen a syllu'n gegagored ar

Mabli. Syllodd Mabli'n ôl a'i llygaid glas yn bŵl, ac yna er braw i Sam, byrlymodd ffrwd o waed o drwyn y ferch fach a dechrau dripian i lawr ei gên.

Rhedodd Jên a chipio awenau Plwmsen o law Sam. Dechreuodd brawd bach Mabli grio a rhedodd ei rhieni at Mabli a'i chodi. Dim ond syllu ar Miaren wnaeth Miss Mwsog. Roedd hi'n wyn gan dymer ac yn troi'r chwip yn ei llaw.

'Cer â hi o 'ma!' meddai Jên.

'Damwain oedd hi!' meddai Sam a'r dagrau'n cronni yn ei llygaid. 'Welodd hi mo Mabli.'

'Dim ots gen i,' meddai Jên. 'Cer â hi o 'ma, a chadw hi o'r golwg.'

Doedd dim angen dweud ddwywaith.

Arweiniodd Sam y ferlen ar frys o'r arena. Roedd Miaren yn trotian ar ras erbyn iddyn nhw gyrraedd y stabl.

Pennod 7

Roedd yr awyr wedi cymylu tra oedden nhw yn yr arena dan do, a disgynnodd dafnau o law oer wrth iddyn nhw redeg i stabl Miaren.

'Beth wyt ti wedi'i wneud?' llefodd Sam, a'r dagrau'n llifo i lawr ei bochau.

'Damwain,' meddai Miaren a swatio mewn cornel yn ysgwyd fel deilen. 'Wir! Damwain oedd hi. Fel ddwedest ti. Bai Plwmsen oedd y cyfan!'

'Nage. Dy fai di oedd e!' meddai Sam.

'Pam oedd raid i ti wrando arni? Pam wyt ti wastad mor barod i ymladd?'

'Glywest ti be ddwedodd hi!' gwichiodd Miaren. 'Does gan rywun fel hi ddim hawl i fy insyltio i.'

'O, Miaren,' meddai Sam. 'Ti mor dwp weithiau!'

'Beth wnaiff Mwsog nawr?' sibrydodd Miaren a'i llais yn crynu mewn braw.

'Dim syniad,' meddai Sam, a gwasgu'i dyrnau i stopio'i dwylo rhag crynu. 'Dim syniad.'

'Wel, mae ar ben arni nawr,' meddai llais o'r tu ôl iddi. Trodd Sam a gweld Jên wrth y drws yn syllu'n oer ac yn chwyrn ar Miaren. Gwasgodd y ferlen ei chlustiau'n fflat a phlygu'i phen yn drist. Doedd Sam erioed wedi gweld Jên yn edrych fel hyn ar Miaren. Roedd Jên yn arfer ei charu.

'Damwain oedd hi,' sibrydodd Sam.

'Dim ots be oedd hi,' meddai Jên. 'Mae'r rhieni'n meddwl bod Miaren wedi ymosod ar eu plentyn, a nawr mae'r plentyn wedi cael niwed. Mae Miaren wedi bod yn camfihafio ers wythnosau. Fydd neb eisiau cyffwrdd â hi nawr.'

'Sut mae Mabli?' gofynnodd Sam.

Cododd Jên ei hysgwyddau. 'Mae ei thrwyn yn gwaedu, ac mae hi wedi cael ofn. Heblaw hynny, mae hi'n iawn. Rhaid bod dannedd Miaren wedi taro pont ei thrwyn. Bydd clais mawr ganddi fory.' Edrychodd Jên ar Miaren. 'Ond roedd hi'n lwcus.'

'Beth fydd yn digwydd i Miaren nawr?' gofynnodd Sam. Roedd y ferlen yn dal i syllu ar y llawr a chrynu.

'Miss Mwsog fydd yn penderfynu,' meddai

Jên. 'Tynna harnais Miaren a'i rhoi yn y cae tan hynny.'

'Ond mae'n bwrw glaw. All hi ddim aros yn y stabl?' gofynnodd Sam.

'Na, Sam,' meddai Jên, a dechrau colli'i thymer. 'Cer â hi'n bell oddi wrth bawb. Ar hyn o bryd mae pawb ar yr iard eisiau anghofio amdani.'

Dechreuodd Sam grio eto wrth i Jên gerdded i ffwrdd. Stryffagliodd i ddatod byclau'r harnais a'i dagrau'n llifo fel afon. Ddwedodd y gaseg fach 'run gair wrth i Sam roi'r penwast arni a'i harwain allan i'r glaw oedd yn gwaethygu bob munud. Cerddodd y ddwy'n araf drwy'r iard, heb godi'u pennau. Doedden nhw ddim eisiau gweld pawb yn syllu. Roedd pob ceffyl a phob person wedi sefyll yn dawel i'w gwylio'n mynd heibio.

Ddwedodd neb air, nes iddyn nhw gerdded heibio sgubor y Shetlands.

Roedd Plwmsen yn ôl yn y sgubor, yng nghwmni Mici a Tyrbo. Trawodd Mici farrau metel y gât ag un carn, yn araf a rheolaidd fel cloch eglwys, a galwodd Tyrbo 'Mynd ar dy wyliau, Miaren?' nes i Plwmsen ddweud wrth y ddau am fod yn dawel. Roedd llygaid Plwmsen yn dywyll a thrist. Daeth y cobiau mawr yn y sgubor drws nesaf a holl geffylau'r iard dop at eu drysau, a sefyll yn ddwys i wylio Sam a Miaren yn mynd heibio'n araf a dechrau dringo'r bryn bach oedd yn arwain at y caeau y tu ôl i'r iard.

Doedd neb arall yn gorfod aros allan dros nos, felly byddai Miaren yn y cae ar ei phen ei hun. Roedd y glaw'n oer a chaled ac yn disgyn fel ffyn. Llifodd i gorneli ceg Sam

yn gymysg â'i dagrau. Byrlymodd dros gôt drwchus Miaren, a throchi'i mwng oedd yn glynu wrth ei gwddw fel cudynnau o wymon. Taflodd Sam ei breichiau main am wddw Miaren, gwasgu'i hwyneb i'w mwng a chrio a chrio. Pwysodd Miaren yn ei herbyn a chau'i llygaid.

'Be wnawn ni, Miaren?' llefodd Sam. 'Be wnawn ni?'

Pennod 8

Roedd Sam wedi crio drwy'r nos. Roedd ei llygaid yn boeth ac yn cosi, a'i hwyneb yn teimlo fel balŵn. Pwysodd ei boch yn erbyn un o waliau carreg oer yr iard dop ac ochneidio. Roedd hi wedi trio perswadio Mam i adael iddi dynnu arian o'i chyfrif banc a phrynu Miaren. Roedd can punt o leiaf yn y cyfrif, ond allai hi ddim tynnu'r arian heb gael llofnod Mam. Ysgwyd ei phen wnaeth Mam.

'Dwi wedi addo prynu merlen i ti ryw ddiwrnod, ond mae'n rhaid cael merlen sy'n

dy siwtio di,' meddai Mam. 'Dwi ddim yn meddwl mai Miaren yw honno.'

'Ond fe wnaethon ni mor dda yn y Sioe Haf. Sneb arall yn gallu'i reidio cystal. Ry'n ni wedi bondio . . .' meddai Sam.

'Do, fe wnest ti reidio'n dda yn y Sioe Haf,' meddai Mam ar ei thraws. 'Ond dwi ddim yn siŵr am y bond. Sori, Sam. All Miaren ddim bondio â neb. Mae hi'n rhy wyllt, ac mae marchogaeth yn gamp ddigon peryglus fel mae hi, heb gael merlen sy'n flin ac yn gas.'

'Ond dyw hi ddim yn gas,' meddai Sam. 'Damwain ddigwyddodd ddoe.'

'Sam, mae'n ddrwg gen i, ond dwi wedi penderfynu,' meddai Mam. 'Dwi ddim yn mynd i dalu am gadw merlen anodd, sy hefyd, o bosib, yn beryglus. Mae'n siŵr o ddifetha dy hyder di, ac yn waeth na hynny, gallai hi wneud niwed drwg i ti.' Ysgydwodd Mam ei phen eto. 'Mae 'na ddigon o ferlod da sy'n chwilio am gartrefi. Yn y man fe gawn ni afael ar un sy'n dy siwtio di'n berffaith.'

Er i Sam drio dadlau, gwrthododd Mam ddweud gair ymhellach. Roedd Alys, ei chwaer fawr, wedi gwenu'n garedig ar Sam, ond doedd hi ddim wedi cynnig gair o gefnogaeth, ac roedd Sam yn gwybod ei bod hi'n cytuno â Mam. Felly roedd Sam wedi troi at Melfed.

'Mae pawb yn dweud "perffaith" drwy'r amser, ond dim ond ar bapur mae pethau'n wirioneddol berffaith. Mae'n wahanol yn y byd go iawn. Dyw Miaren ddim yn berffaith, Melfed, ond mae hi'n berffaith i fi,' meddai Sam wrth i'r gaseg fawr ddu estyn ei phen dros ddrws y stabl a gwrando arni. Ffliciodd Liwsi'i chlustiau tuag ymlaen a chlustfeinio o'r stabl drws nesaf. 'Mae Mam ac Alys wastad yn dweud bod reidio'n bartneriaeth. Wel, dwi a Miaren yn bartneriaid. Dyna be sy'n bwysig. Rhaid i ni wneud rhywbeth.'

'Ond mae Miaren wedi mynd dros ben

llestri,' meddai Melfed. 'Does neb, dim hyd yn oed fi, yn ei thrystio hi nawr. Fyddwn i ddim eisiau dy weld di ar ei chefn hi.'

'Ond . . .' meddai Sam.

'Dim "ond" amdani,' meddai Melfed. 'Dyw hi ddim yn ddiogel i gario plant, yn enwedig un o 'mhlant i.'

'Mae hi wedi gwneud cam â phawb,' meddai Liwsi. 'Unwaith mae hynny'n digwydd, mae ar ben ar unrhyw anifail. Does dim y gallwn ni wneud, hyd yn oed tasen ni eisiau. Gwranda ar dy fam a Melfed, Sam. Nid dy broblem di yw Miaren.'

Dim ots be ddwedai Sam, roedd y ddwy gaseg yn gwrthod gwrando. Pan ddaliodd ati i drio achub cam Miaren, fe drodd y ddwy eu penolau tuag ati a mynd i gysgu.

Sylweddolodd Sam fod angen cynllun

arall arni. Roedd angen help rhywun clyfar ond cyfrwys, rhywun slei oedd yn hoffi torri rheolau a chweryla heb ddim rheswm o gwbl.

Funud neu ddwy wedyn fe gyrhaeddodd Sam sgubor y Shetlands. Syllodd Plwmsen arni, ei llygaid yn hanner cau, a gwair yn sticio allan bob ochr i'w cheg. Cnodd y gwair

yn araf a gofalus. Anadlodd Sam yn ddwfn a cherdded draw.

'Dwi eisiau dy help di,' meddai.

'Beth? Dim "bore da"?' gofynnodd Plwmsen. 'Dim "sut wyt ti heddiw, Plwmsen? Rwyt ti'n edrych yn ffantastig iawn bore 'ma"?'

'Alla i ddweud hynny, os wyt ti eisiau,' meddai Sam.

Rholiodd Plwmsen ei llygaid. 'Mae'n rhy hwyr nawr, yn dyw hi? Os oeddet ti am fy seboni i er mwyn cael help, ddylet ti fod dweud hynna yn y lle cynta ac esgus dy fod ti'n dweud y gwir.'

'Plwmsen, beth yn y byd wyt ti'n ddweud?' meddai Sam. Roedd ei phen yn troi wrth drio deall Plwmsen. 'Dwi am siarad am Miaren.'

Gwnaeth Plwmsen sŵn drwg iawn.

'Miaren, Miaren, Miaren. Oes rhaid i ti sôn am Miaren byth a hefyd?'

'Oes, ar hyn o bryd,' meddai Sam. 'Mae Miaren allan yn y cae ar ei phen ei hun.'

'Ac mae pawb yn gwybod pam,' meddai Tyrbo bach crwn. 'Mae hi wedi colli'r plot.'

'Mi wnaeth hi rywbeth gwaeth na hynny,' meddai Basil yn ei lais tew fel mêl. 'Mi ymosododd hi ar eboles fach ddwy-goes.'

Crynodd Mici. 'Sdim byd gwaeth. Dyw'r dwy-goes byth yn maddau i rywun sy wedi gwneud niwed i un o'u hebolion.'

Ysgydwodd Basil ei ben. 'Nawr 'te, ddwy-goes fach, dwi'n mynd i ddweud wrthot ti'n union be mae pawb arall wedi'i ddweud wrthot ti drwy'r bore – mae'n amhosib helpu Miaren. Byddan nhw'n cael gwared arni nawr, a dim ots i ble.'

'Dyw hynny ddim yn iawn!' meddai
Plwmsen yn swta. 'Mae Miaren yn haeddu
gwell. Nawr dwi a Miaren ddim yn cytuno
bob amser, ond dyw hynny ddim yn golygu
'mod i'n falch i'w gweld hi'n dioddef.
Ry'n ni i gyd yn hoffi rhoi brathiad fach
ambell waith. Mae'n cadw'r dwy-goes yn

93

effro.' Ysgydwodd Plwmsen ei phen yn drist. 'Ond mae Miaren wedi mynd yn rhy bell. Mae hyd yn oed Jên wedi troi yn ei herbyn, a dyw hynny ddim yn digwydd yn aml. Dwi ddim yn meddwl y gallwn ni helpu'r hen greadur.'

Cwtsiodd Sam o flaen Plwmsen, a syllu'n syth i'w llygaid. 'Wel, gwell i ti feddwl eto. Rwyt ti'n ferlen glyfar, Plwmsen, a dwi'n siŵr y galli di helpu Miaren. Wedi'r cyfan, arnat ti mae'r bai ei bod hi mewn trwbwl yn y lle cynta.'

'BETH?' gwaeddodd y Shetlands a Basil. Pesychodd Plwmsen a symud ei charnau'n nerfus.

'Wnaeth Miaren ddim ymosod ar y ferch fach, ac rwyt ti a fi'n gwybod hynny,' meddai Sam. 'Ymosod arnat ti oedd hi, ar ôl i ti ei phryfocio hi.'

'Plwmsen, paid dweud mai ti ddechreuodd yr helynt,' meddai Basil yn llym.

'Ocê, wnes i ddim,' meddai Plwmsen.

'Plwmsen!' chwyrnodd Sam.

'Ocê, ocê!' meddai Plwmsen. Plygodd ei phen i osgoi edrych ar Mici a Tyrbo, a gwneud cylch yn y gwellt ag un carn blaen. 'Fe gwerylon ni, chi'n deall, fel arfer . . .'

'Ond ti ddechreuodd y cweryl,' meddai Sam.

'O, Plwmsen, dyna beth ofnadwy,' meddai Mici mewn braw. 'Dwi ddim yn hoffi Miaren chwaith, ond mae mewn trwbwl dros ei phen a'i chlustiau o d'achos di.'

'Falle,' meddai Plwmsen mewn llais pitw, bach.

'Dim "falle" o gwbl,' meddai Basil.

'Felly beth wyt ti'n mynd i'w wneud am y peth?' holodd Sam.

'Dwi'n meddwl. Dwi'n meddwl,' meddai Plwmsen yn ddig. Roedd hi'n dawel am eiliad, ac yna fe syllodd ar Sam â fflach o obaith yn ei llygaid.

'Falle bydd syniad gan Sali,' meddai Plwmsen. 'Mae Sali wedi bod yma ers blynyddoedd. Mae hi'n deall y dwy-goes, y plant a'r oedolion, yn well nag unrhyw un arall ar yr iard. Os gall unrhyw un feddwl am ateb, Sali Sgrwmff fydd honno.'

Nodiodd Tyrbo'n feddylgar. 'Ti'n iawn.'

Snwffiodd Basil drwy'i drwyn hir. 'Fydd gan Sali ddim mwy o syniad na ni. Paid â thwyllo'r ddwy-goes fach. Does 'na ddim gobaith.'

Trodd Plwmsen ei phen i gyfeiriad Basil. 'Wyt ti'n sefyll yn rhy agos at y ffens? Wyt ti?'

'Pa ffens? Hon?' gofynnodd Basil gan esgus edrych yn ddiniwed a symud yn nes. Ochneidiodd Sam. Roedd Plwmsen yn meddwl mai hi oedd biau'r ffens, ac yn mynd yn boncyrs os âi rhywun yn agos. Mi gymerai brynhawn cyfan i'w thawelu. Curodd Sam ei dwylo o dan drwyn Plwmsen i dynnu'i sylw.

'Canolbwyntia nawr,' meddai Sam.

Syllodd Plwmsen yn gas ar Basil, a siarad â Sam. 'Faint o'r gloch yw hi?'

'Amser cinio,' meddai Sam. 'Pam?'

'Achos does neb o gwmpas!' meddai Tyrbo'n llon a dechrau cripian o dan y gât. Syllodd Sam yn syn ar y Shetland bach yn gwthio'i gorff tew, crwn rhwng y bar isaf a'r llawr, ac yn popian allan yr ochr draw. Dilynodd Mici, ac o'r diwedd dilynodd Plwmsen hefyd, ar ôl sibrwd wrth Basil.

Dyfalodd Sam mai bygwth dial oedd hi, os âi
Basil yn agos at y ffens.

'Dilyn ni,' galwodd Tyrbo dros ei ysgwydd,
a dechrau trotian drwy'r iard.

'Bydd angen help arnat ti,' meddai Mici.

'Mae Sali'n hen iawn, iawn, a does ganddi fawr o ddiddordeb yn y dwy-goes. Os ei di ar dy ben dy hun, falle bydd hi'n gwrthod siarad.'

'Iawn, ond dwed hyn wrtha i,' meddai Sam. 'Ydych chi Shetlands yn gallu sleifio allan o'r sgubor pryd mynnwch chi? Pam does neb wedi sylwi?'

'Ry'n ni'n gofalu bod neb o gwmpas. Ac mae Mwsog yn rhy gybyddlyd i ddefnyddio'r camerâu cylch cyfyng,' meddai Plwmsen, 'Os bydd pobl yn ein gweld ni, maen nhw'n meddwl bod rhywun wedi anghofio cau'r gât yn dynn.'

Ysgydwodd Sam ei phen a loncian ar draws yr iard a heibio'r arena dan do yng nghwmni'r Shetlands. Gobeithio bod Sali Sgrwmff mor glyfar ag oedd pawb yn ei ddweud. Hi oedd unig obaith Miaren.

Pennod 9

Shetland hen iawn, iawn oedd Sali Sgrwmff. Hi oedd un o'r merlod cyntaf i weithio yn Ysgol Farchogaeth Maes-y-cwm. Roedd hi wedi treulio blynyddoedd yn dysgu plant bach i reidio, yn merlota drwy'r wlad â babanod yn glynu i'w chefn, ac yn cael ei thywys mewn partïon pen-blwydd. Wyddai neb pa mor hen oedd hi, ond mae'n debyg ei bod hi wedi gweithio ym Maes-y-cwm am 20 mlynedd cyn ymddeol. Nawr roedd hi'n crwydro'r iard drwy'r dydd, ac yn dwyn unrhyw fwyd oedd o fewn ei chyrraedd.

Dyna sut cafodd hi'r llysenw, Sali Sgrwmff. Er doedd neb yn deall sut yn y byd oedd hi'n gallu bwyta'r bwyd, a hithau wedi colli bron pob dant.

Wrth i Sam a'r Shetlands loncian heibio drws cefn yr arena dan do, fe welson nhw Sali'n mwynhau gwres gwan yr haul ger y wal gefn. Roedd ei llygaid crychlyd ynghau, ac awel gref yn chwalu'i chôt lwyd. Symudodd hi ddim, na dangos ei bod hi wedi'u clywed.

'Oi!' meddai Plwmsen. 'Dwi eisiau gair â ti, mêt.'

Chymerodd Sali ddim sylw. Trawodd Tyrbo Plwmsen â'i ysgwydd. 'Alli di ddim siarad â hi fel'na.'

'Pam lai?' gofynnodd Plwmsen.

'Achos mae'n hen,' meddai Mici. 'Hi yw'r ferlen hynaf sy 'ma.'

'Beth yw'r ots?' meddai Plwmsen.

'Ddylet ti ddangos parch,' meddai Tyrbo. 'Dyna sut mae trin hen ferlod.'

'Os wyt ti mor glyfar, siarad di,' meddai Plwmsen.

Estynnodd Tyrbo'i goesau blaen a phlygu nes bod ei drwyn yn cyffwrdd â'i bengliniau, a'i fol tew'n fflat ar lawr. 'O Sali, hen a doeth,' meddai mewn llais dwfn, dramatig. Rholiodd Plwmsen a Mici'u llygaid. 'Ry'n ni wedi dod

i ofyn am dy gyngor. Plîs wnei di wrando ar
ein cais, dwi'n erfyn ar 'y ngliniau . . .'

'O, ca' dy ben,' meddai Sali, ac agor ei llygaid
yn sydyn. Trodd atyn nhw, ei chlustiau'n fflat
a'i hwyneb mor sur â lemwn. 'Does gyda
chi'r rhai ifainc ddim parch. Dim o gwbl.
Dwi byth yn dod i'ch poeni chi, ydw i?'

'Dim ond pan fyddi di eisiau bwyd,'
mwmianodd Plwmsen.

'Be ddwedest ti?' cyfarthodd Sali.

'O Sali, mae eisiau dy help di arnon ni. Wir!' meddai Sam. 'Mae un o'n ffrindiau ni mewn trwbwl mawr.'

Edrychodd Sali ar Sam o'i phen i'w thraed. 'Dwy-goes sy'n gwrando ar ferlod,' snwffiodd. 'Dwi wedi gweld popeth nawr. Alla i farw'n hapus.' Caeodd ei llygaid eto. Syllodd pawb arni a disgwyl.

Ar ôl rhai eiliadau, cliriodd Sam ei llwnc. 'Mm, dwyt ti ddim yn marw'r funud hon, wyt ti?'

Tasgodd llygaid Sali ar agor. 'Nac ydw, wrth gwrs!' chwyrnodd. 'Trio mwynhau ychydig bach o haul mewn heddwch o'n i. Cha i ddim gwneud hynny nawr, mae'n amlwg.'

'Mae eisiau ateb i gwestiwn arnon ni,' meddai Sam. 'Wedyn fe gei di lonydd.'

Ochneidiodd Sali. 'Dwed beth yw e 'te.'

'Mae ffrind i ni, merlen arall, mewn trwbwl mawr, a rhaid i ni ei helpu hi,' meddai Sam.

'Beth wnaeth hi 'te?' gofynnodd Sali.

'Cweryla a tharo eboles fach ddwy-goes i'r llawr, ond damwain oedd hynny,' meddai Sam.

Sugnodd Sali ei hanadl a thwt-twtian. 'Sdim byd gwaeth nag anafu ebol dwy-goes,' meddai.

'Na, dwi'n deall hynny. Ond rywsut rhaid i ni gael pawb i faddau iddi,' meddai Sam.

'Gwastraff amser,' meddai Sali. 'Dyw'r dwy-goes byth yn maddau i anifail sy wedi anafu un o'u hebolion.'

'Ond rhaid i ni wneud rhywbeth!' meddai Sam.

'Yr unig beth allwch chi wneud yw trio

newid barn yr oedolion dwy-goes amdani,' meddai Sali. 'Dwi wedi gwylio'r oedolion dwy-goes drwy 'mywyd, ac maen nhw'n wahanol iawn i'w hebolion, mor wahanol ag yw dwy-goes i ferlen. Maen nhw'n gwarchod eu hebolion am flynyddoedd, ymhell ar ôl iddyn nhw ddysgu cerdded a bwyta ar eu pennau'u hunain. Maen nhw'n casáu'u gweld nhw'n cael eu hanafu, hyd yn oed drwy ddamwain, ac mae unrhyw ferlen sy'n anafu ebol dwy-goes mewn trwbwl mawr. Maen nhw'n gorymateb pan fydd rhywbeth yn digwydd i'w hebolion. Ar y llaw arall, maen nhw'n meddwl y byd o ferlen sy'n garedig iawn tuag at ebol dwy-goes. Byddan nhw'n maddau popeth i'r ferlen honno. Syniad dwl, ond mae'n amhosib deall y dwy-goes. Ond dyna i chi'r ateb – mae pob merlen sy'n garedig tuag at ebol dwy-goes yn sant.' Meddyliodd am eiliad. 'Nid sant go iawn, wrth gwrs. Fydd neb yn debyg o wisgo cenhinen ar Ddydd Gŵyl Merlen.'

Daeth syniad i feddwl Sam. 'Felly, i achub ein ffrind, ti'n meddwl y dylen ni wneud rhywbeth sy'n profi i'r oedolion mai sant yw hi, nid cnaf drwg?' holodd.

'Yn hollol!' meddai Sali.

'Pob lwc i ti,' meddai Plwmsen yn sych.

'Na, mae gen i syniad,' meddai Sam, gan feddwl yn ddwys. Lledodd gwên ar draws ei hwyneb am y tro cyntaf ers deuddydd. 'Ond sgen i ddim llawer o amser i'w roi ar waith.' Trodd a rhedeg yn ôl drwy'r iard a'r Shetlands yn sboncio ar ei hôl fel cŵn bach.

'Whiiii, ry'n ni'n mynd i achub Miaren!' gwichiodd Tyrbo, a'i goesau bach pwt yn toddi i'w gilydd wrth drio dal Sam.

'Ffantastig,' meddai Plwmsen yn sych, a rhedeg yn ei ymyl.

Gwyliodd Sali nhw'n mynd. 'Ie, rhedwch i ffwrdd heb air o ddiolch,' cwynodd dan ei gwynt. 'Sgen i ddim byd gwell i'w wneud ond eich helpu chi, oes e? Dwi ddim yn brysur, ydw i? Wel, ydw. Dwi *yn* brysur, diolch yn fawr. Mae 'niwrnod i'n llawn . . .' Arafodd ei llais, a thawelu, ac aeth Sali i gysgu eto.

Pennod 10

Fe gymerodd oesoedd i Sam berswadio Miss Mwsog i adael iddi reidio Miaren am y tro olaf. Roedd Miss Mwsog wedi syllu'n gas arni dros ddesg ei swyddfa wrth i goesau Sam grynu mewn braw.

'Mae'r ferlen yn beryg,' meddai Miss Mwsog. 'Dwi ddim yn meddwl y dylai hi gael ei reidio eto. Dwyt ti ddim yn gallu reidio cystal â dy chwaer, felly sut allen i wynebu dy fam tase rhywbeth yn digwydd i ti?'

'Plîs, Miss Mwsog,' meddai Sam. 'Mae Miaren wastad yn dda pan fydd hi gyda fi. Dwi erioed wedi cael problem. Dwi'n meddwl y byd ohoni, a falle mai hwn fydd y tro ola i fi 'i reidio hi.'

'Hwn *fydd* y tro ola, mae arna i ofn,' meddai Miss Mwsog. 'Dwi ddim yn rhedeg elusen, ac alla i ddim gwastraffu arian yn bwydo a rhoi cartref i gaseg sy'n gwrthod gweithio. Dwi ddim hyd yn oed yn hoffi Miaren.'

'Ond mae Sali'n cael bwyd a chartref am ddim,' meddai Sam yn ddryslyd.

'Fe weithiodd Sali am flynyddoedd yn yr ysgol a wnaeth hi erioed wrthod gwneud ei gwaith,' meddai Miss Mwsog yn swta. 'Mae hi'n haeddu cael ymddeoliad hir. Ond mae Miaren, ar y llaw arall, yn gwrthod cydweithio, a dwi'n disgwyl i bawb wneud eu rhan ym Maes-y-cwm.'

'Ydych, Miss Mwsog,' meddai Sam. 'A dwi
yn gweithio'n galed, Miss Mwsog . . .'

'Doeddwn i ddim yn sôn amdanat ti, Miss
Llwyd. Sôn oeddwn i am y ferlen rwyt ti

mor hoff ohoni,' meddai Miss Mwsog. 'Ond dim iws i ti loetran yn y stabl drwy'r dydd, yn clebran a brwsio'i mwng. Fydd hynny ddim yn gwneud i Miaren dy hoffi di. Os wyt ti am fod yn farchog da, rhaid i ti anghofio'r fath syniadau dwl a rhamantus. Rhaid i geffylau'n parchu ni, dyna sy'n bwysig. Does dim rhaid iddyn nhw'n hoffi ni. Os wyt ti'n rhy garedig i geffyl, fydd e'n gwrando dim.'

Syllodd yn chwyrn ar Sam. 'Dyna sy'n bod ar Miaren. Doedd hi erioed yn anifail hawdd, ond ers i ti ei sbwylio a'i thrin fel ci anwes, mae hi wedi mynd yn waeth o lawer.' Ysgydwodd ei phen. 'Arna i mae'r bai. Ddylwn i fod wedi'ch gwahanu chi'ch dwy ers tro.'

'Sori os ydw i wedi sbwylio Miaren, ond

plîs, plîs gadewch i fi'i reidio am y tro ola,' meddai Sam.

'Iawn,' ochneidiodd Miss Mwsog. 'Gan mai ti yw'r unig un sy'n ei hoffi, fe gei di reidio Miaren y prynhawn 'ma, ond chei di ddim mynd ar dy ben dy hun. Os wyt ti'n mynd i ferlota, dwi am i rywun fod gyda ti, rhag ofn i rywbeth fynd o'i le.'

'Gaiff Natalie ddod gyda fi, Miss Mwsog?' Roedd Natalie a Sam yn yr un dosbarth marchogaeth. Doedd Natalie ddim yn farchog hyderus iawn, ond hi oedd ffrind gorau Sam ym Maes-y-cwm. Fyddai hi byth yn cwyno am Miaren wrth oedolion.

Cododd Miss Mwsog un ael. 'Dewis anarferol o bartner, gan fod Natalie mor nerfus,' meddai. Ochneidiodd a fflician ei llaw ar Sam. 'Iawn. Bant â ti, Miss Llwyd, i reidio Miaren am y tro ola.'

Whiw! Teimlai coesau Sam fel jeli wrth iddi redeg i'r stafell harneisiau i chwilio am benwast a rhaff dywys ar gyfer Miaren. Brysiodd i'r cae, a chleciodd ei chalon yn boenus pan welodd hi'r ferlen fach ddu yn edrych mor drist. Doedd hi ddim hyd yn oed yn pori. Roedd hi'n syllu'n ddiflas ar y llawr, ac yn edrych yn unig ac ar goll.

'Dere, Miaren. Ti a fi'n mynd am reid,' meddai Sam, a cherdded tuag ati.

'Cer o 'ma,' meddai Miaren. 'Gad lonydd i fi.'

Mwythodd Sam ei gwddw'n dyner. 'Alli di ddim rhoi'r ffidil yn y to.'

'Gallaf,' meddai Miaren. 'Mae Mwsog

wastad wedi 'nghasáu i. Nawr mae ganddi gyfle i gael gwared arna i. Dwi'n siŵr ei bod hi'n falch iawn. Sdim y galla i wneud. Sdim pwynt i fi chwilio am farchog arbennig i mi fy hun. Dwi'n mynd i gael hwyl yn gwneud dim byd o hyn allan.'

'Paid â bod yn ddwl, alli di ddim rhoi'r gorau iddi nawr,' meddai Sam. Triodd roi'r penwast yn slei bach ar Miaren, ond fe gododd y gaseg ei thrwyn yn yr awyr a symud ei phen o afael Sam.

'Fy mywyd i yw e. Mae gen i hawl i fod yn ddiflas, os dwi eisiau,' meddai'r gaseg.

'Wel, mae gen i gynllun all wneud

i dy holl freuddwydion di ddod yn wir,' meddai Sam.

Rholiodd Miaren ei llygaid, er mwyn edrych ar Sam heb symud ei thrwyn. 'W! Pam dwi ddim yn neidio i'r awyr yn hapus?' meddai.

'Jôcs sarcastig yw'r jôcs gwaetha, yn ôl Dad,' meddai Sam, gan roi'i dwylo ar ei chluniau a syllu'n chwyrn ar Miaren.

'Dyw dy dad yn deall dim,' meddai Miaren. 'Wyt ti am glywed jôc wirioneddol sâl?'

'Na, dwi am i ti blygu dy ben a gadael i fi sibrwd y cynllun yn dy glust,' meddai Sam. 'Os nad wyt ti'n hoffi'r cynllun, fe a' i o 'ma a gadael llonydd i ti.'

'Pam sibrwd?' gofynnodd Miaren. 'Sneb yma ond ni. Wyt ti'n becso bydd y brain yn cario clecs?'

'Mae'r cynllun yn wych, wir i ti,' meddai Sam gan wenu. 'Ond mae'n bwysig bod yn ofalus. All y brain ddim cadw cyfrinach.'

Felly plygodd Miaren ei phen a gwrando ar Sam yn sibrwd y cynllun i'w chlust. Hedfanodd y brain mewn cylchoedd uwch eu pennau, ond, er eu siom, methon nhw glywed dim.

Pennod 11

Roedd Sam mor nerfus nes bod yr awenau'n llithro drwy'i dwylo chwyslyd. Teimlai'i siaced amddiffyn yn boeth ac yn stiff. Dyna braf fyddai agor y strapiau felcro a gadael iddi ddisgyn ar lawr. Ond allai hi ddim gwneud hynny, achos byddai angen y siaced arni'n fuan iawn, iawn. Roedd hi'n teimlo braidd yn sâl, a chaeodd ei llygaid am foment a gwrando ar Natalie'n clebran yn hapus yn ei hymyl.

'Dwi mor falch o'r cyfle i adael yr iard a dianc o'r ysgol 'na!' meddai Natalie. 'Dwi'n

cael llond bol o reidio mewn cylchoedd
diddiwedd. Wyt ti? Dyma'r math o reidio
dwi'n hoffi. Ro'n i'n arfer reidio ar hyd
llwybrau ceffylau pan o'n i gartre.'

'Natalie, rwyt ti'n dod o Efrog Newydd,' giglodd Sam. 'Faint o lwybrau ceffylau sydd yn Central Park?'

Cochodd Natalie a giglan. 'Ocê, sdim llawer yn Efrog Newydd, ond mae'n draddodiad pwysig yn America. Dyw Miss Mwsog ddim yn rhoi llawer o gyfle i ni wneud. Sneb byth yn gofyn i fi fynd gyda nhw.'

Gwenodd Sam ar Natalie, gan deimlo braidd yn euog. 'Mae pawb wedi arfer mynd gyda'u ffrindiau'u hunain, ac yn anghofio am y gweddill ohonon ni,' meddai. 'Ni yw'r ieuengaf hefyd, a dyw hynny ddim help.'

'Mae'n iawn. Sdim eisiau i ti fod mor garedig,' meddai Natalie. 'Dwi'n gwybod pam nad ydw i'n cael gwahoddiad. Dwi'n rhy nerfus, a dwi byth eisiau gogarlamu, na neidio, na mynd yn rhy gyflym neu'n rhy bell o gartre.'

'O, sdim rhaid i ni neidio heddiw,' meddai Sam. 'Ond byddai tipyn bach o ogarlamu'n braf.' *Plîs cytuna, Natalie, plîs cytuna, neu fydd y cynllun ddim yn gweithio!*

Ond pan glywodd hi'r gair 'gogarlamu', daeth cwmwl dros wyneb Natalie. 'Dwi ddim yn siŵr . . .' meddai, gan frathu'i gwefus a syllu i lawr ar ei merlyn.

'Mae Oscar yn gallu gogarlamu'n dda,' meddai Sam. 'Dyw e byth yn mynd yn gyflym iawn, ac mae eisiau ymarfer corff arno.'

Edrychodd Oscar yn ddig arni, ond roedd Sam yn dweud y gwir. Roedd e'n ferlyn bach crwn, tew, a byddai'n gwneud lles iddo golli ychydig o bwysau.

'Dwi'n teimlo mor nerfus pan fydda i'n gogarlamu y tu allan i'r gwersi,' cyfaddefodd Natalie. 'Mae'n teimlo mor ddiogel yn yr arena, yn dyw e? Sdim i ddychryn y merlod fan'ny. Mae braidd yn ddiflas iddyn nhw, felly dy'n nhw ddim yn gwylltu. Ond pan y'n ni allan, dwi'n dychryn pan maen nhw'n tynnu 'mreichiau'n galed er mwyn mynd yn gynt.'

'Ti'n iawn,' meddai Sam, gan drio peidio â swnio'n ofidus. 'Ond edrych pa mor dawel yw Miaren. Os wnei di reidio'n dynn y tu ôl iddi, bydd hi'n arafu Oscar. Wnawn ni ddim gadael iddyn nhw redeg yn ymyl ei gilydd, felly wnân nhw ddim rasio.' Roedd Natalie'n dal i edrych yn ofnus. 'Cofia be mae Jên wastad yn ddweud pan wyt ti'n poeni am ogarlamu. Dilyn y ceffyl sy o dy flaen di, a phaid â gadael i dy ferlen di weld mwy na'i ben-ôl. Gweld y wlad agored o'i blaen, dyna sy'n ecseitio merlen.'

'Falle,' meddai Natalie. 'Mae Miaren yn dda iawn heddi, yn dyw hi? Ond mae wedi bod mor ddrwg yn ddiweddar, mae pawb ar yr iard yn sôn amdani. Fyddwn *i* ddim wedi mentro mynd ar ei chefn.'

Plygodd Sam a mwytho gwddw Miaren. Roedd hi'n chwysu yng ngwres y prynhawn, a'i chôt drwchus yn dduach nag erioed. 'Mae Miaren wastad wedi gwrando arna i. Mae coedwig draw fan'na. Bydd hi'n braf gogarlamu yng nghysgod y coed. Beth am drotian draw a gweld sut wyt ti'n teimlo?'

Cyn i Natalie ddweud gair, gwasgodd Sam ei sodlau i ochrau Miaren a gofyn iddi drotian. Ymatebodd y gaseg fach ar unwaith, a chlywodd Sam Natalie'n gwichian mewn braw wrth i Oscar ruthro ar drot ar ei hôl. Teimlai Sam mor euog, roedd lwmp mawr yn ei gwddw. Llyncodd yn galed i drio gwthio'r lwmp yn ôl i'w stumog. Roedd Sam yn hoffi Natalie, ac eto'n mynd i'w dychryn. Ond doedd ganddi ddim dewis os oedd hi am i'w chynllun weithio. Roedd rhaid i'r ddwy aros gyda'i gilydd. Yn dawel bach addawodd Sam roi syrpréis fach hyfryd i Natalie, pan fyddai popeth drosodd.

Roedd Natalie'n rhy nerfus i reidio'n dda. Roedd hi'n gwneud popeth yn anghywir – yn pwyso tuag ymlaen, yn pwyntio'i thraed tuag i lawr nes eu bod nhw'n llithro drwy'r gwartholion, yn cadw'r awenau'n fyr ac yn tynnu ceg Oscar. Roedd Oscar yn edrych yn anghysurus iawn wrth i Natalie sboncio ar ei gefn. Edrychodd Natalie ar Sam a'i hwyneb yn wyn. 'Dwi ddim eisiau gogarlamu.'

'Byddi di'n iawn,' meddai Sam. 'Ti'n reidio'n dda! Fe wnawn ni drio ychydig bach o ogarlamu, er mwyn i'r merlod gael hwyl.'

Er bod Natalie'n ysgwyd ei phen, roedd Sam eisoes yn eistedd yn ddwfn yn y cyfrwy, yn rhoi un goes y tu ôl i'r gengl ac yn gwasgu â'i choesau. Dechreuodd Miaren ogarlamu'n ddi-ffwdan. Roedd hi'n ferlen berffaith, yn union fel y disgrifiodd Miss Mwsog hi yn yr hysbyseb. Teimlai Sam fel y person gwaethaf yn y byd, pan glywodd hi Natalie'n rhoi sgrech fach wrth i Oscar gyflymu.

'Sam, stop! Plîs! Dwi'n mynd i gwympo!' gwaeddodd Natalie.

'Eistedd yn ôl ac eistedd yn ddwfn,' galwodd Sam dros ei hysgwydd a'r gwynt yn chwibanu heibio'i chlustiau. 'Dim ond cam neu ddau, wedyn fe drotiwn ni.'

Wrth fynd i mewn i'r goedwig fechan, lle roedd y llawr yn feddal ac oer dan gysgod y dail, anadlodd Sam yn ddwfn, plygu ymlaen a thaflu ei hun yn bwrpasol dros ysgwydd Miaren, gan wneud roli-poli twt fel y dwedodd y ferlen wrthi. Gofalodd lanio ar ei bol, ei hwyneb o'r golwg yn y glaswellt, a'i breichiau'n cysgodi'i phen.

Sgrechiodd Natalie eto pan welodd hi Sam yn cwympo, a sgidiodd Oscar i stop wrth ymyl Miaren, a oedd wedi sefyll yn stond pan deimlodd hi Sam yn codi o'r cyfrwy. Clywodd Sam Natalie'n crio, yn neidio i lawr ac yn rhedeg tuag ati.

'Ddylen ni ddim fod wedi gogarlamu. Ddylen ni ddim, ddim, ddim,' criodd Natalie, ac ysgwyd Sam yn ofalus iawn. 'Ti'n iawn, Sam? Ti'n effro? Dwed rywbeth.'

Ddwedodd Sam 'run gair na symud chwaith, a chriodd Natalie eto. 'Ddwedes i wrth Mam y dylwn i gael ffôn symudol. Dwi wedi darllen am bethau fel hyn yn digwydd, ac ro'n i'n gwybod y byddwn i'n anlwcus rhyw ddiwrnod. Ocê, ocê, gan bwyll.' Anadlodd Natalie'n ddwfn, ddwfn. Stopiodd siarad â'i hun am funud, cyn dechrau crio eto fyth.

Allai Sam ddim dioddef clywed Natalie'n dal i grio. Cododd ar ei heistedd a rhoi gwên fach wan. Y tu ôl iddi snwffiodd Miaren yn ddig. Roedd Sam yn newid y cynllun.

Gwichiodd Natalie'n syn. 'Sam! Wyt ti wedi cael dolur?'

'Mm, na. Cwympo'n bwrpasol wnes i.'

'BE?' gwaeddodd Natalie, a rhoi slap i Sam ar ei braich. 'Fe roist ti sioc ofnadwy i fi!'

'Aw!' Cydiodd Sam yn ei braich yn syn. Doedd hi ddim wedi disgwyl i Natalie fach swil golli'i thymer fel 'na.

'*Ac* fe orfodest ti fi i ogarlamu!' meddai Natalie. 'Beth wyt ti'n feddwl wyt ti'n wneud?'

'Os na wna i rywbeth, bydd Miss Mwsog yn gwerthu Miaren a fydda i byth yn ei gweld hi eto,' meddai Sam.

'Sut mae damwain yn mynd i helpu Miaren?' meddai Natalie.

'Mae'n rhoi cyfle i Miaren brofi i'r oedolion gymaint mae hi'n fy ngharu i. Mae hi'n mynd i aros wrth fy ochr a gwrthod gadael.'

Syllodd Natalie ac Oscar yn syn ar Miaren, a syllodd Miaren yn ôl yn heriol.

'Sut wyt ti'n mynd i wneud i Miaren aros gyda ti?' gofynnodd Natalie.

'Dim problem,' meddai Sam. 'Edrych. Dyw hi ddim wedi symud cam. Dwi am i ti fynd yn ôl i'r iard a dweud wrthyn nhw 'mod i wedi cwympo a bod Miaren yn gofalu amdana i nes daw help.' Gwgodd Natalie. 'Plîs, Natalie,' plediodd Sam.

'Dwi ddim yn hoffi dweud celwydd,' meddai Natalie.

'Ond fyddi di ddim yn dweud celwydd,' meddai Sam. 'Dwi *wedi* cwympo, ac mae Miaren *yn* aros gyda fi.'

Ochneidiodd Natalie. 'Dwi'n ffŵl,' mwmianodd. 'Iawn, fe a' i'n ôl i'r iard a dweud di fod ti wedi cwympo. Ond dwi ddim yn dweud dim mwy.'

Gwenodd Sam arni. 'Diolch, Natalie! Fe wna i'r un peth i ti ryw ddiwrnod.'

'Na, wnei di ddim,' meddai Natalie, a

swingio'i choes dros gefn Oscar. 'Dwi ddim mor ddwl â ti! Ti'n mynd i esgus bod yn anymwybodol?'

Cochodd Sam. 'Siŵr o fod. Mae'n edrych yn well.'

Ysgydwodd Natalie'i phen. 'Dwi ddim yn mynd i ddweud celwydd. Mae niwed i'r pen yn ddifrifol iawn. Fe ddweda i dy fod ti wedi llewygu, ond dim ond os yw hynny'n wir.'

'Y?' meddai Sam, ac yna fe ddeallodd hi. 'O, iawn.' Rhoddodd ei llaw ar ei thalcen a thrio edrych fel tase hi'n llewygu go iawn.

'Iawn. Nawr fydda i ddim yn dweud celwydd,' meddai Natalie, wrth i Oscar ddechrau cerdded i ffwrdd. 'Llewyga di faint fynni di. Bydda i'n ôl cyn bo hir. Paid â symud, rhag ofn dy fod ti wedi cael niwed go iawn wrth gwympo.'

Pennod 12

Ar ôl i Natalie ac Oscar drotian i ffwrdd i gyfeiriad Maes-y-cwm, ystwythodd Sam ei chyhyrau poenus a pharatoi i godi. Ond plannodd Miaren ei charn rhwng ei hysgwyddau a'i gwthio'n ôl i'r llawr.

'Beth ti'n wneud, Miaren?!' gwaeddodd Sam wrth boeri pridd o'i cheg.

'Cadw'n llonydd a gorwedd yn yr union fan lle llewygest ti cyn i'r Natalie 'na fynd, neu bydd pawb yn gwybod ein bod ni'n dweud celwydd,' meddai Miaren.

'Ond rwyt ti fod edrych fel arwres — dyna'r cynllun. A fyddi di ddim yn edrych fel arwres os wyt ti'n gadael ôl carn ar 'y nghefn i!' meddai Sam, a rhoi slap i goesau Miaren. 'Nawr symud!'

'Pwynt da,' meddai Miaren a chamu'n ôl. 'Wnes i ddim meddwl am hynny.'

Eisteddodd Sam i fyny a rhwbio'i hysgwydd. 'Bydda i mor boenus fory.'

'Wnest ti ymlacio?' gofynnodd Miaren. 'Ddwedes i wrthot ti am ymlacio wrth gwympo. Os yw dy gyhyrau di'n dynn, fe gei di glais wrth lanio. Wrth ymlacio, fyddi di ddim yn brifo.'

'Miaren, tria di ymlacio wrth gwympo oddi ar ferlen sy'n symud. Dyw e ddim yn hawdd. Os wyt ti am drio hynny dy hunan, fe wthia i di o'r trelar y tro nesa y byddwn ni'n mynd ar daith.' Rhwbiodd Sam ei gwddw poenus. 'Ti'n gwybod beth i wneud?'

'Ydw. Pan fydd pobl yn dod i helpu, dwi'n mynd i fod yn arwres.' Safodd Miaren yn ddramatig, gwthio'i brest allan a chrymu'i gwddw.

'Na, Miaren. Dwyt ti ddim yn arwres. Rwyt ti a fi wedi bondio, felly rwyt ti'n gwrthod 'y ngadael ar ôl i fi gael damwain,' meddai Sam.

'O,' meddai Miaren a'i hysgwyddau'n suddo. 'Oes rhaid sticio at hynny? Dwi ddim eisiau edrych yn dwp a difetha fy enw da.'

Ysgydwodd Sam ei phen yn syn. 'Dy enw drwg sy wedi achosi'r ffwdan,' meddai. 'Tase ti wedi bihafio ac wedi bod yn garedig tuag at un o'r teuluoedd ddaeth i dy weld di, byddet ti mewn cartref newydd erbyn hyn.'

Ochneidiodd Miaren. 'Dwi ddim eisiau cartref newydd. Dwi ddim eisiau dod i nabod pobl newydd. Mae'n ormod o drafferth. Mae Maes-y-cwm yn fy siwtio i'n iawn.' Prociodd Sam â'i thrwyn meddal. '*Ti*'n fy siwtio i'n iawn hefyd.'

'O, Miaren,' meddai Sam, a dagrau'n dechrau cronni. O'r diwedd, roedd y gaseg fach wedi cyfaddef ei bod hi am gael Sam yn berchennog. 'Ti a fi i fod gyda'n gilydd. Mae'r cynllun yn mynd i weithio, dwi'n siŵr o hynny.'

Tawelodd Miaren am foment. Roedd cysgod o dan y coed a gallai Sam glywed aderyn du'n canu, a'i nodau ariannaidd yn troelli drwy'r awyr. Caeodd ei llygaid i fwynhau'r tawelwch. Doedd hi ddim yn edrych ymlaen at ddweud celwydd wrth ei mam. Clywodd Miaren yn mwmian rhywbeth.

'Beth ddwedest ti?' gofynnodd Sam.

'Ddwedes i 'mod i'n dy garu di,' meddai Miaren a syllu i'r pellter. 'Mae'n wir. Dwi ddim yn siarad dwli.'

Anadlodd Sam yn ddwfn a lapio'i breichiau am wddw Miaren.

'Do'n i ddim wedi bwriadu anafu'r ddwy-goes fach, chwaith,' meddai Miaren. 'Wir, wnes i mo'i gweld hi.'

Nodiodd Sam a chladdu'i hwyneb ym mwng trwchus Miaren, a'r dagrau'n llifo i lawr ei bochau.

'Dwi'n gwybod,' meddai Sam.

Arhoson nhw fan'ny'n dawel am foment, a Miaren yn edrych o'i chwmpas, fel tase hi

am gofio pob golygfa, pob sŵn a phob arogl
am byth.

Pwysodd Sam ei boch yn erbyn gwddw
Miaren er mwyn cael edrych arni. 'Os bydd
hyn yn gweithio, Miaren, bydd raid i ti

ddioddef rhywun fel fi ar dy gefn,' meddai Sam.

'Bydd,' meddai Miaren. 'Wel, rwyt ti braidd yn lletchwith, ac fe gymerith dipyn o amser i dy ddysgu di, ond fe ddown ni i ben.'

Gwthiodd Sam ei hwyneb i fwng Miaren i guddio'i gwên. Roedd 'braidd yn lletchwith' yn ganmoliaeth uchel.

'Dwi'n dy garu di, Miaren,' meddai Sam, a gwasgu'r ferlen fach mor galed nes bod honno'n gwichian. 'Tasen i'n dy berchen di, byddwn i'n dy gadw di'n ddiogel. Byddwn i'n gofalu dy fod ti'n cael afalau gwyrdd, caled bob dydd, a fyddet ti byth yn llwglyd, yn oer nac yn unig.'

Prociodd Miaren Sam â'i thrwyn, a phan drodd hithau i edrych arni, llyfodd Miaren ei hwyneb.

'Dwi'n gwybod,' meddai Miaren. 'Ond wyt ti'n siŵr y bydd dy gynllun di'n gweithio?'

Ddwedodd Sam 'run gair, dim ond gwasgu'i gwefusau ar drwyn Miaren a rhoi cusan mawr iddi. Roedd yn rhaid i'r cynllun weithio. Roedd *rhaid*. Allai hi ddim dioddef meddwl beth ddigwyddai fel arall.

Trodd Miaren ei phen yn sydyn a syllu i'r pellter, gan estyn ei gwddw a chodi'i chlustiau. Allai Sam glywed dim, ond roedd clyw Miaren yn well na'i un hi.

'Oes rhywun yn dod?' holodd.

'Oes!' meddai Miaren. 'Dwi'n clywed sŵn carnau o gyfeiriad Maes-y-cwm. Maen nhw'n dod i dy achub di.'

'Ocê,' meddai Sam, a'r pili-palod yn hedfan yn ei stumog. 'Cofia be gytunon ni, a chadwa at y cynllun.'

'Rwyt ti wedi cael niwed a dwi'n torri 'nghalon,' meddai Miaren.

'Yn hollol,' meddai Sam. 'Ac rwyt ti'n poeni cymaint rwyt ti'n gwrthod 'y ngadael i. Rwyt ti am 'y ngwarchod i a gofalu amdana i, a dwyt ti ddim am i neb arall ddod yn agos.'

Rholiodd Miaren ei llygaid. 'Am stori stiwpid.'

'Dim ots!'

'Mae 'na dyllau yn y stori sy'n ddigon mawr i Melfed neidio drwyddyn nhw . . .'

'Iawn. Wel, well i ni roi i fyny a mynd adre, 'te!' meddai Sam yn gwta.

'Adre, wir,' meddai Miaren. 'Na. 'Mlaen â ni.'

'Gwranda, mae'n bwysig dy fod ti'n actio ac yn gwneud i bawb gredu. Gorwedd yn f'ymyl ac edrych yn ofidus a thorcalonnus ac ati.'

'Bydd pawb yn eu dagrau!'

'Wrth gwrs!'

'Iawn. Bant â ni 'te,' meddai Miaren. Gorweddodd Sam yn yr union fan lle gwelodd Natalie hi'n disgyn, a threfnu'i choesau a'i breichiau.

'Dwi'n clywed sŵn injan,' meddai Miaren a chodi'i phen. 'Beth wyt ti'n feddwl yw e? Ambiwlans?'

O na! Byddai'r iard wedi ffonio 999 cyn gynted ag y clywson nhw am y ddamwain. Doedd Sam ddim wedi meddwl am hynny. Felly byddai'n dweud celwydd nid yn unig wrth Mam, ond hefyd wrth y gwasanaethau argyfwng. Am helynt go iawn! Byddai'n rhaid iddi 'ddeffro' ar ras, cyn i neb sylweddoli mai esgus bod yn anymwybodol oedd hi.

'Gorwedd i lawr, Miaren,' meddai Sam. 'Edrych yn drist!'

'Dim problem,' meddai Miaren. Disgynnodd ei charn mor agos at ben Sam, nes bod Sam yn teimlo pwff o wynt ar ei boch.

'Bydd yn ofalus!' gwichiodd.

'Sh! Paid â siarad,' sibrydodd Miaren. 'Maen nhw'n dod!'

Triodd Sam ymlacio ac anadlu'n araf a thawel. Triodd beidio â gwingo wrth i Miaren ddisgyn yn drwm yn ei hymyl a lapio'i chorff amdani. Pwysodd ei phen ar gefn Sam.

Dechreuodd Miaren roi sioe go iawn. 'O diar, o diar,' ochneidiodd.

'Beth wyt ti'n wneud?' sibrydodd Sam.

'Actio,' meddai Miaren.

'Stopia hi!' hisiodd Sam.

Clywodd Sam sŵn lleisiau a rhythm tri-churiad ceffylau'n gogarlamu. 'Sam!' gwaeddodd rhywun. Alys oedd hi. Clywodd injan yn stopio a drysau car yn clepian. Tawelodd y lleisiau. Prociodd Miaren hi â'i thrwyn ac yna rhoi'i phen yn ôl ar gorff llonydd Sam. Roedd rhywun yn siarad. Moelodd Sam ei chlustiau.

'Rhaid i ni'i symud hi'n fuan,' meddai llais dyn. 'Os yw hi wedi taro'i phen, rhaid mynd â hi i'r ysbyty cyn gynted â phosib. Hefyd rhaid ei strapio ar fwrdd rhag ofn ei bod wedi anafu'i chefn. Os na symudith y ferlen, bydd yn rhaid i ni alw'r milfeddyg a gofyn iddo roi pigiad iddi. Ond bydd hynny'n cymryd amser. Rhaid ei symud hi nawr. Fydd hi'n ymosod arnon ni, os triwn ni'i symud hi o'r ffordd?'

'Mm, mae'n un sy'n gallu ymosod, ond dwi erioed wedi'i gweld hi'n bihafio fel hyn o'r blaen,' meddai llais Alys. 'Dwi'n meddwl mai wedi ypsetio mae hi. Gadewch i fi drio'i symud. Dwi'n nabod y ferlen, a falle bydd hi'n fodlon i fi fynd ati.'

Yn sydyn neidiodd Miaren ar ei thraed a dechrau cerdded yn ôl ac ymlaen o flaen Sam. Pystylodd â'i charnau a gweryru mewn dychryn. Camodd Alys yn ôl, a gwingodd Sam wrth i'r ferlen symud.

'Sam! Wyt ti'n iawn?' galwodd Alys.

Pan glywodd hi'r gofid yn llais Alys,

eisteddodd Sam i fyny'n araf. Plygodd Miaren ei phen a gwthio'i thrwyn yn galed yn ei herbyn.

'Pam neidiest ti ar dy draed? Doedd e ddim yn rhan o'r cynllun,' sibrydodd Sam wrth Miaren.

'Dyw'r cynllun ddim yn gweithio,' sibrydodd Miaren, a'i llygaid duon yn llawn panig. 'Fyddan nhw byth yn ein credu ni!'

Estynnodd Sam ei breichiau am ben Miaren. 'Ddylet ti fod wedi cadw at y cynllun,' sibrydodd yn ei chlust, a'r dagrau'n llifo i lawr ei hwyneb.

'Welest ti mo'r olwg ar wyneb Alys. Mae hi'n meddwl mai fi sy wedi dy anafu di,' meddai Miaren. 'Chawn ni byth aros gyda'n gilydd nawr!'

Sbeciodd Sam ar ei chwaer dros drwyn

Miaren. Edrych yn ofidus oedd Alys. Miaren oedd wedi dychmygu ei bod hi'n gas. 'O, Miaren,' sibrydodd. 'Dyw Alys erioed wedi meddwl dy fod ti'n ferlen ddrwg.'

Clywodd Sam sŵn carnau a llais ei mam yn gweiddi mewn braw, ond fe ddaliodd ati i gydio'n dynn ym Miaren, a'i dagrau'n diferu dros fochau'r ferlen. Pam oedd hi wedi meddwl am y fath gynllun twp? Fyddai neb yn eu credu nhw.

Cododd Miaren ei phen pan neidiodd Mam lawr o gefn Melfed. Gweryrodd mor uchel nes bod ei chorff yn crynu. Roedd y sŵn mor drist, daeth dagrau i lygaid Mam wrth afael yn yr awenau.

'O, Miaren,' meddai Mam. 'Ara deg, bach.' Cydiodd Mam yn yr awenau a mwytho gwddw Miaren yn araf a thawel. Plygodd

Miaren ei phen a rhwbio'i thrwyn ar foch Sam, gan wichian mewn siom. Criodd Sam yn waeth a chydio yn wyneb y ferlen.

'Dere di, Miaren fach,' meddai Mam. 'Paid â gwylltu. Gad i ni fynd at Sam, 'na ferch dda.' Crynodd Miaren wrth i Mam glician ei thafod, tynnu ar yr awenau a'i gorfodi i adael Sam. Gweryrodd yn ddiflas a phystylad y llawr wrth i Mam ei harwain i ffwrdd.

'Dwi'n iawn,' meddai Sam, ar ôl i'r criw parameddygol ei harchwilio. Codwyd hi gan

ddau bâr o ddwylo a'i gosod ar fwrdd caled. 'Wir, dwi'n iawn. Llithro wnes i, pan o'n i'n gogarlamu.'

'Mae'n rhaid i ni ddilyn y rheolau, mae arna i ofn,' meddai un o'r dynion ambiwlans a gwenu arni. 'Rhaid i ni fynd â ti i'r ysbyty i gael archwiliad, yn enwedig os gwnest ti daro dy ben.'

'Ond wnes i ddim taro 'mhen!' meddai Sam.

'Bant â ni i'r ysbyty cyn gynted â phosib,' meddai'r dyn wrth ei ffrind, heb wrando ar Sam. 'Gyrra neges radio a dwed wrth yr Adran Ddamweiniau bod 'na ddamwain farchogaeth ar ei ffordd.'

Codwyd Sam i'r awyr a'i chludo ar y bwrdd i'r ambiwlans. Gofynnodd Mam i rywun fynd â Miaren yn ôl i'r stablau, er mwyn iddi hi gael mynd yn yr ambiwlans gyda Sam. Clepiodd drysau'r ambiwlans eto a distawodd y sŵn y tu allan.

'Camgymeriad yw hyn,' meddai Sam a thrio codi ar ei heistedd.

'Sh!' sibrydodd Mam a mwytho talcen Sam â'i dwylo oer. Aroglodd Sam arogl ceffyl a lledr a sebon cyfrwy, wrth i Mam blygu i gusanu'i boch. Gorweddodd ar ei bwrdd, a chrio. Drwy sŵn yr injan gallai glywed Miaren yn galw a galw amdani. Yn ei dwrn roedd sypyn o flew mwng y ferlen fach. Roedd y blew wedi dod yn rhydd pan dynnwyd Miaren i ffwrdd. Yn lle aros yn dawel ac esgus gofalu am Sam, roedd Miaren wedi panicio. Edrychodd Sam ar ei mam. Fyddai hi'n deall mai ofn colli Sam oedd Miaren? Caeodd ei llygaid yn dynn. Roedd eu cynllun wedi methu.

Pennod 13

Ar ôl cyrraedd yr Adran Ddamweiniau, roedd y nyrsys wedi mynnu bod Sam yn gorwedd ar yr hen fwrdd caled nes bod doctor yn dod i edrych arni. Am boen! Allai Sam ddim symud gewyn ac roedd ei chorff yn brifo drosto. Doedd hi erioed wedi sylweddoli y gallai gorwedd yn llonydd fod mor boenus! Roedd hi eisiau troi'i phen a gorwedd ar ei hochr, ond allai hi ddim symud o gwbl, heblaw ysgwyd bysedd ei dwylo a'i thraed. Dechreuodd banicio ychydig bach. Roedd hi mewn trap! Cododd y panig fel

swigen i'w gwddw. Allai hi ddim anadlu.
Llifodd chwys poeth pigog dros ei chorff a
dechreuodd snwffian crio.

Plygodd Mam drosti. 'Wyt ti'n iawn?'
gofynnodd, a'i llygaid gwyrdd yn llawn gofid.

'Dwi'n iawn,' meddai Sam. 'Eisiau codi
ydw i!'

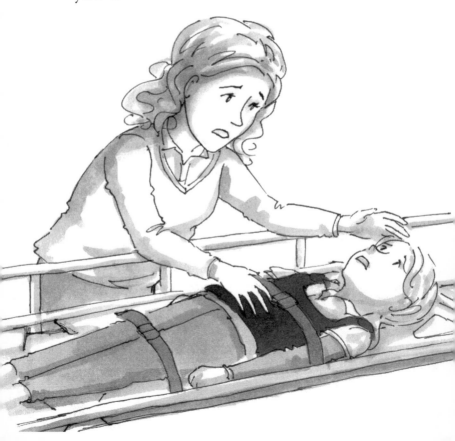

'Be ddigwyddodd i ti go iawn?'

'Llithro wnes i,' meddai Sam. 'Dim ond llithro. Wnaeth Miaren ddim niwed i fi!'

'Naddo, mae'n amlwg,' meddai Mam. 'Rwyt ti'n gwingo fel llond sach o fwncïod!'

'Paid â gadael iddi gael ei gwerthu i rywun arall, Mam. Plîs! Alla i ddim byw hebddi!'

'Sam . . .'

'Ac all hi ddim byw hebdda i!' meddai Sam.

Ochneidiodd Mam. 'Na, dwi'n deall hynny.'

'Ry'n ni wedi bondio, Mam, fel ti a Melfed,' meddai Sam.

'Dyw hi ddim mor hawdd â hynny,' meddai Mam.

'Pam?' gofynnodd Sam, a dechrau crio eto mewn ofn a rhwystredigaeth.

'Mae marchogaeth yn gallu bod yn beryglus, Sam,' meddai Mam. 'Mae ceffylau a merlod yn anifeiliaid mawr, ac fe allet ti gael dolur. Dwi am dy warchod di, Sam. Er 'mod i fy hun yn marchogaeth ac wrth 'y modd ar gefn ceffyl, pan fydda i'n dy wylio di'n reidio, dwi'n teimlo'n swp sâl rhag ofn i ti gwympo.' Gwenodd Mam. 'Weithiau, dwi'n difaru dy fod ti'n marchogaeth. Ond os wyt ti'n benderfynol o wneud, dwi am i ti gael merlen hollol ddiogel.'

'Ond mae hynna'n ddwl!' meddai Sam.

'Ydy, ond dyna gyfrifoldeb mam.'

Meddyliodd Sam am foment. 'Wyt ti'n teimlo 'run fath pan wyt ti'n marchogaeth?'

'Na.' Chwarddodd Mam.

'Pam?'

'Achos dwi'n trystio Melfed yn llwyr, ac yn trystio fy hun.'

'Wel, dwi'n trystio Miaren yn union fel

rwyt ti'n trystio Melfed,' meddai Sam. 'Mae'n gwneud i fi deimlo'n hyderus. Heblaw Melfed, hi yw'r unig anifail sy erioed wedi gwneud i fi deimlo mor ddiogel. Plîs gwranda arna i, Mam. Trystia fi. Ti'n gallu gweld bod Miaren yn 'y ngharu i. A dyw hi erioed wedi camfihafio gyda fi.'

Ochneidiodd Mam. 'Nawr, Sam, dyw hynna ddim yn hollol wir. Mae Miaren yn gallu bod yn ddrwg. Ond fe arhosodd hi gyda ti heddiw. Ac fe weles i chi'n edrych ar eich gilydd yn union fel Melfed a fi.'

'Hi yw'r unig ferlen i fi, a fi yw'r unig farchog iddi hi,' meddai Sam. 'Plîs, Mam. Hi yw fy Melfed i.'

Meddalodd llygaid Mam, a mwythodd hi foch Sam. 'O, Sam,' meddai.

Erbyn i Alys a Miss Mwsog gyrraedd yr ysbyty, roedd doctor wedi dweud bod Sam yn holliach, ac roedd hi'n disgwyl cael caniatâd i adael. Dyna braf oedd cael ystwytho'i chyhyrau poenus o'r diwedd.

Nesáodd Miss Mwsog at y gwely a gwên letchwith iawn ar ei hwyneb. 'Dwi wedi dod i weld sut mae'r claf,' meddai, ac ysgwyd ei phen. 'Fe wnes i dy rybuddio, Miss Llwyd. Ddwedes i y gallai dy ddiffyg sgiliau di ar gefn merlen mor ddrwg achosi damwain. Dwi'n difaru dy fod ti wedi 'mherswadio i i adael i ti farchogaeth Miaren heddiw. Gorau po gynted y cawn ni wared ar y ferlen.'

'Ynglŷn â hynny,' meddai Mam, gan ochneidio. 'Mae Sam yn hoff iawn o Miaren ac eisiau i fi 'i phrynu. Os bydd hi'n gwrando ar Sam fel y gwnaeth hi yn y Sioe Haf, ac yn ei gwarchod pan fyddan nhw ar eu pennau'u hunain, yna mae'n bosib y gwna i gytuno mai Miaren yw'r ferlen iddi hi.'

Edrychodd Sam ar ei mam, a gwên yn lledu ar ei hwyneb. 'Wir? WIR?'

'Rhaid 'mod i'n ddwl,' meddai Mam, a gwên fach yn crynu ar ei gwefus. 'Ond

wnaeth y ferlen ddim drwg i ti, ac mae'r ddwy ohonoch chi wedi bondio. Sut all dy fam dorri dy galon di?'

Taflodd Sam ei breichiau am ganol ei mam, a'i gwasgu mor dynn fel na allai anadlu. 'Stopia cyn i fi newid fy meddwl!' meddai Mam, a chwerthin. Neidiodd Alys lan a lawr yn hapus.

'Wel, dyna newyddion da!' meddai Miss Mwsog, a gwên go iawn ar ei hwyneb wrth feddwl am yr arian fyddai'n disgyn i'w phoced. 'Fel rwyt ti'n gwybod, mae Miaren yn costio £1,500. Sut wyt ti am dalu?'

£1,500? Roedd hynny ddeg gwaith mwy nag oedd gan Sam yn ei chyfrif banc. Allai hi ddim fforddio prynu Miaren!

'Plîs, Miss Mwsog, dim ond £100 a . . .' Edrychodd ar ei mam.

'50,' meddai Mam.

'. . . £150 sy gen i yn y banc,' meddai Sam. 'Dyw hynny ddim yn ddigon ond . . .'

'Dyw e ddim hanner digon!' meddai Miss Mwsog.

'. . . ond fe weithia i am ddim bob penwythnos . . .'

'Rwyt ti'n gwneud hynny'n barod!' meddai Miss Mwsog.

'A bydda i'n talu am stabl i Miaren ym Maes-y-cwm,' meddai Mam. 'Mewn blwyddyn bydda i'n talu £1,000 i chi am fwyd a stabl i Miaren. Meddyliwch am y fargen! Ddoe roeddech chi'n fodlon cael gwared ar Miaren am ddim. Nawr fe fydd y ferlen yn ennill arian i chi, yn lle costio'n ddrud.'

'Mae hyn yn anarferol iawn,' meddai Miss Mwsog.

'Ydy,' cytunodd Mam. 'Ond mae Miaren mor werthfawr i Sam, mae hi'n fodlon rhoi pob ceiniog o'i harian i'w phrynu. Dyna'r pris mwyaf allwch chi roi am unrhyw geffyl.'

'Ond beth os bydd Sam yn cael damwain wrth farchogaeth Miaren?' meddai Miss Mwsog. 'Dwi ddim eisiau'r cyfrifoldeb.'

'Ond Miss Mwsog, mae Miaren wastad yn dda pan fydda i'n ei reidio hi. Arna i roedd y bai am gwympo,' meddai Sam.

'Wel, falle ddylet ti gael mwy o wersi,' meddai Miss Mwsog, gan edrych ychydig yn hapusach. Taflodd Sam gip cyflym ar Mam. Roedd Mam yn trio peidio â rholio'i llygaid. 'Gyda thipyn o hyfforddiant, falle byddi di'n fwy diogel ar ei chefn.'

'Felly wnewch chi ei gwerthu hi i fi, plîs?' gofynnodd Sam, gan drio peidio â swnio'n rhy daer. Daliodd ei gwynt, gwthio'i llaw o dan y dillad gwely a chroesi'i bysedd.

Edrychodd Miss Mwsog ar Mam. 'Fyddwch chi'n talu am ei bwyd a'i llety'n rheolaidd bob mis?'

'Wrth gwrs,' meddai Mam a'i llygaid yn fain. 'Fel dwi'n talu am Melfed.'

Snwffiodd Miss Mwsog yn ddiamynedd. 'O'r gorau, fe wna i dderbyn eich cynnig, er ei fod yn is o lawer nag o'n i'n ddisgwyl. Rwyt ti'n cael bargen, Miss Llwyd.'

'A chithau hefyd, Miss Mwsog,' meddai Mam. 'Fe sgrifenna i siec am y swm cyflawn i chi nawr. Fe gaiff Sam 'y nhalu i 'nôl yn nes ymlaen. Mae gen i bapur a beiro i chi gael sgrifennu derbynneb i Sam.'

Gwasgodd Miss Mwsog ei dannedd mor dynn, roedd ei bochau'n crynu. Ond ddwedodd hi'r un gair, dim ond cymryd y papur a'r beiro o law Mam a sgriblan rhywbeth cyn estyn y papur i Sam.

'Llongyfarchiadau ar brynu dy ferlen gyntaf,' meddai Miss Mwsog yn sych, a gwg ar ei hwyneb. 'A phob lwc i ti.'

'Diolch yn fawr i chi,' meddai Mam. 'Nawr gwell i ni adael i Sam orffwys tra bydda i'n siarad â'r doctor.' A dyma Mam yn arwain Miss Mwsog i ffwrdd.

Gwyliodd Sam nhw'n mynd i lawr y coridor. Roedd hi bron yn methu credu beth oedd newydd ddigwydd. Pwysodd Alys drosti a thrio llyfnu'r darn o bapur crychlyd yn ei chôl.

'Da iawn, Sam,' meddai Alys, a'i llygaid yn disgleirio'n hapus. 'Da iawn! Ti yw perchennog Miaren.'

Roedd Sam yn dal mewn sioc. Cymerodd y papur o law Alys a'i ddarllen drosodd a throsodd er mwyn i'r geiriau suddo i'w hymennydd.

Gwerthwyd gan Miss Mwsog

i Samantha Llwyd,

am £150,

un ferlen ddu atgas,

brid anhysbys,

o'r enw Miaren.

A Mwsog

Pennod 14

Er i Sam ddod adre o'r ysbyty'r diwrnod hwnnw, mynnodd Mam ei bod hi'n aros yn y gwely am ddiwrnod arall. Roedd Mam yn llawn ffŷs. Roedd hi eisiau gwneud yn siŵr bod Sam yn holliach cyn caniatáu iddi fynd i'r stablau. 'Os gwela i di'n gwingo mewn poen,' rhybuddiodd, 'chei di ddim marchogaeth am fis cyfan, merlen newydd neu beidio.'

Roedd Sam wedi gwirioni'n lân pan gytunodd Mam i fynd â hi i'r iard o'r diwedd. Ond pam oedd y car yn symud mor araf?

Pam oedd pob golau'n goch, a dwsinau o bobl yn llifo dros y groesfan sebra? A pham oedd yn rhaid iddyn nhw ddilyn tractor araf ar hyd y lôn fach, gul? Roedd Sam ar bigau'r drain, ac yn teimlo fel rhwygo'i gwallt o'i phen.

'Gan bwyll!' meddai Mam, a chwerthin ar Sam yn y drych gyrru, wrth i'r car gripian y tu ôl i'r tractor ar ddeg milltir yr awr. 'Dyw Miaren ddim yn mynd i unman.'

Pan gyrhaeddon nhw Faes-y-cwm o'r diwedd, bron iawn i Sam dorri handlen drws y car yn ei brys i ddianc. Clepiodd y drws a rhedeg i stabl Miaren yn yr iard isaf a'i choesau'n troi fel top. Clywodd Mam ac Alys yn gweiddi a chwerthin y tu ôl iddi, ond roedd hi'n llawer rhy hapus i wrando nac i aros.

'Miaren, Miaren, wyt ti wedi clywed?' galwodd wrth redeg dan y bwa i dawelwch yr iard isaf. Doedd dim sôn am ben du yn sbecian dros y drws, na neb yn gweryru'n llon. Arafodd Sam. Roedd hi newydd gael syniad erchyll. Oedd Miaren wedi mynd? Oedd un o'r prynwyr eraill wedi newid ei feddwl a thalu £1,500 amdani? Oedd Miss Mwsog yn mynd i roi arian Sam yn ôl iddi a dweud ei bod wedi cael cynnig gwell a chartref 'perffaith' i Miaren? Gwasgodd Sam ei dyrnau chwyslyd yn dynn, a bron iddi lewygu pan wthiodd Miaren ei phen dros y drws a gwneud sŵn yn ei gwddw.

Gwenodd Sam arni'n hapus a llawn cyffro. 'Dwyt ti ddim wedi clywed?' gofynnodd.

'Clywed be?' gofynnodd Miaren.

'Mae Mam wedi newid ei meddwl!' meddai Sam. 'Fi yw dy berchennog di nawr.'

'O, do,' snwffiodd Miaren. 'Glywes i hynny.'

'Wel? Dwyt ti ddim yn hapus?' gofynnodd Sam.

'Mmm,' meddai Miaren. 'Hapus dros ben. Mae 'nghwpan i'n llawn.'

Roedd Miaren yn benderfynol o fod mor bwdlyd ac anniolchgar ag arfer, ond doedd dim ots gan Sam. Roedd hi mor hapus. Agorodd y bollt ar ddrws y stabl a thaflu'i hun at y gaseg fach, ddu. Lapiodd ei breichiau am ei gwddw a'i gwasgu'n dynn.

'Dwyt ti ddim yn mynd i grio, wyt ti?' gofynnodd Miaren. 'Dwi'n casáu dy weld di'n dripian.'

'Paid â bod mor rwgnachlyd, Miaren,' meddai Sam, a mwytho'i thrwyn hir. 'Dwi'n gwybod dy fod ti'n 'y ngharu i.'

Snwffiodd Miaren. 'Na, esgus oedd y cyfan,' meddai. 'Dwi'n actor mor dda.'

Chwarddodd Sam. 'Ond rwyt ti'n gelwyddgi gwael.' Cuddiodd ei hwyneb ym mwng Miaren. 'Dwi'n dy garu di, Miaren.'

'Dwi'n dy garu di'n fwy,' meddai'r ferlen yn dawel.

'Nid cystadleuaeth yw hon,' meddai Sam.

'Na, achos ti fyddai'n colli,' meddai Miaren. 'Dwi *byth* yn colli.'

'Gofala dy fod ti'n edrych ar ei hôl hi,' meddai llais dwfn cynnes y tu ôl iddyn nhw.

Trodd Sam a gweld Melfed yn sefyll y tu allan i'r stabl. Roedd hi mor brysur yn siarad â Miaren, doedd hi ddim wedi clywed y gaseg yn cerdded dros goncrit yr iard isaf. Rhuthrodd Sam drwy'r drws a lapio'i breichiau am wddw cryf, gloyw Melfed. Ochneidiodd yn hapus wrth i Melfed blygu'i phen a'i thynnu tuag ati. Chwyrnodd y gaseg yn ei gwddw nes bod ei chorff yn crynu.

'Dwi mor falch dy fod ti'n iach,' meddai Melfed. Edrychodd ar Miaren. 'A dwi'n falch nad wyt ti mor ddrwg ag y mae pawb yn dweud. Fe ofalest ti amdani. Dal ati. Os na fydd Sam yn hollol ddiogel ar dy gefn, bydda i o 'ngho.'

Symudodd Miaren at y drws a'i llygaid yn disgleirio. 'Dwi wastad yn gofalu am bawb sy ar 'y nghefn i.'

Snwffiodd Melfed wrth i Alys redeg tuag ati, ei hwyneb yn goch a'i gwynt yn ei dwrn. 'Mae hi fan hyn!' meddai. 'Mae'n ddrwg gen i, Sam. Pan es i i ffwrdd am foment i nôl gwair, fe wthiodd hi'r drws ar agor a diflannu! Redes i lan i'r caeau i chwilio amdani. O'n i'n meddwl mai bwyta fyddai hi, nid loetran ar yr iard.'

Rhwbiodd Melfed Sam unwaith eto â'i thrwyn meddal, cyn i Alys fachu rhaff dywys ar ei phenwast a'i harwain i ffwrdd.

'Hm! Cwtshlyd iawn,' meddai Miaren. 'Cer i nôl afal i fi, wnei di? Afal gwyrdd, sur. Fe wnest ti addo afal bob dydd i fi, Miss Perchennog. Wel, rwyt ti wedi bod yn berchen arna i am ddau ddiwrnod cyfan, dau a hanner os wyt ti'n cyfri'r diwrnod fuest ti yn yr ysbyty (dwi'n cyfri hwnnw), a dwi ddim wedi cael un afal eto. Felly cer i nôl afal gwyrdd. Symud hi.'

'Aros funud, Miaren,' chwarddodd Sam. 'Gwaith gynta, wedyn afal.'

'Nid dyna'r cytundeb!' meddai Miaren.

'Doedd 'na ddim cytundeb,' meddai Sam. 'Nawr stopia rwgnach! Fi yw dy berchennog di nawr, felly alli di ddim dweud wrtha i beth i'w wneud.'

'Gawn ni weld,' meddai Miaren wrth i Sam fynd i'r stafell harneisiau i nôl cyfrwy a ffrwyn.

Roedd calon Sam mor ysgafn, roedd hi bron â hedfan ar gefn Miaren. Trotiodd drwy'r iard, gan wenu a nodio ar y perchnogion eraill. Roedd pawb yn gweiddi, 'Llongyfarchiadau!' ac yn falch o weld Sam mor hapus. *Dylai Miaren fod yn cerdded ar garped coch,* meddyliodd Sam. *Carped o betalau rhosynnau.* Roedd gwddw Miaren fel bwa, ei brest yn chwyddo, ac roedd hi'n sboncio'n falch o garn i garn. Cynigiodd rhai o'r perchnogion eraill ddod am dro gyda hi, ond gwenodd Sam ac ysgwyd ei phen. Heddiw, doedd hi ddim eisiau neb ond Miaren. Cododd y Shetlands eu pennau, ond ddwedon nhw'r un gair cas, a nodiodd Basil arnyn nhw. Cododd Alys law wrth dywys Melfed i'r stabl. Edrychodd y goben fawr ddu'n rhybuddiol iawn ar Miaren a brysiodd y ferlen heibio.

Ond fe wnaeth Sam a Miaren stopio i siarad â Sali. 'Diolch yn fawr,' meddai Sam, a rhwbiodd Miaren ei thrwyn.

'Croeso, ddwy-goes,' meddai Sali a hercian i ffwrdd. 'Dwi'n fodlon rhoi cyngor unrhyw bryd. Ac os wyt ti eisiau siaradwr gwadd mewn cinio, priodas neu fedydd, gofyn amdana i.'

Cyn gynted ag y cyrhaeddon nhw'r llwybr ceffylau oedd yn arwain o Faes-y-cwm i'r coed, plygodd Sam a mwytho gwddw Miaren. Snwffiodd y ferlen fach a sboncio'n llawn cyffro.

'Barod am hwyl?' gofynnodd Sam.

Ateb Miaren oedd neidio ymlaen a charlamu tuag at y coed. Safodd Sam yn y gwartholion a phlygu'n isel dros wddw Miaren fel joci mewn ras, a mwng du trwchus

y ferlen yn chwipio yn ei hwyneb, y gwynt yn rhuo yn ei chlustiau ac yn boddi pob sŵn ond trawiad rheolaidd carnau Miaren. Gwenodd Sam wrth i'r gwynt dynnu dagrau o'i llygaid. Ar yr iard cododd pob ceffyl a dwy-goes eu pennau, pan glywson nhw Sam yn gweiddi'n hapus a Miaren yn gweryru. Roedd y ddwy mor falch o fod gyda'i gilydd. Yn doedd bywyd yn braf?

Dyma nhw'r merlod!

Miaren

BRID: Merlen Gymreig, sef brid brodorol. Mae'r brid yn enwog am ei glyfrwch, ac mae Miaren yn bendant yn glyfar – ac yn gwybod hynny hefyd! Mae merlod Cymreig yn aml yn nwyfus a bywiog, fel Miaren. Er eu bod yn fach mae'n frid cryf iawn, ac yn ddigon gwydn i fyw tu allan drwy'r flwyddyn.

TALDRA: 12.2d (Mae dyrnfedd yn mesur 4 modfedd. Felly mae Miaren yn mesur 12 dyrnfedd a hanner.)

LLIW: Du fel y frân

MARCIAU: Dim

HOFF FWYD: Afalau gwyrdd (rhai heb gleisiau – dim ond yr afalau gorau ar gyfer y ferlen arbennig hon!)

HOFF BETHAU: Dangos ei hun, carlamu'n gyflym, a rhywun yn crafu y tu ôl i'w chlustiau.

CAS BETHAU: Glaw, afalau wedi'u cleisio, a merlod Shetland trwyn-hipo.

Melfed

BRID: Cob Gwyddelig. Mae cobiau Gwyddelig yn sicr ar eu traed, felly maen nhw'n ddiogel ac yn esmwyth i'w marchogaeth. Maen nhw'n garedig tu hwnt, yn glyfar iawn, yn fawr ac yn gryf, fel Melfed. Maen nhw'n hoffi cwtsh!

TALDRA: 15.2d

LLIW: Du

MARCIAU: Seren wen rhwng ei llygaid sy'n edrych fel diemwnt mawr.

HOFF FWYD: Pethau blasus, yn enwedig moron.

HOFF BETHAU: Cwtshio, gwair a mynd am reid.

CAS BETHAU: Merlod bach drwg.

plwmsen

BRID: Merlen Shetland Fechan. Daw'r merlod Shetland yn wreiddiol o Ynysoedd Shetland yng ngogledd pell yr Alban, ond maen nhw i'w gweld dros y byd erbyn hyn. Merlod Shetland yw'r lleiaf o'r bridiau Prydeinig brodorol, ond nhw hefyd yw'r cryfaf (o ran eu maint). Maen nhw'n ddewr iawn, ac fel arfer o gymeriad cryf – sy'n egluro pam mae Plwmsen mor ddigywilydd!

TALDRA: 9d

LLIW: Lliw brown cynnes â mwng a chynffon felen. Mae hi'r un lliw â phlwmsen felyn-frown, a'i mwng a'i chynffon yn debyg i wallt melyn.

MARCIAU: Dim

HOFF FWYD: Gwair, a digon ohono!

HOFF BETHAU: Gwneud drygioni a hynny heb gael ei dal.

CAS BETHAU: Pan fydd Basil yn dod yn rhy agos at y ffens.

CWIS CARU CEFFYL!

Merlod Maes-y-cwm

Wyt ti'n gwybod y gwahaniaeth rhwng mwng a chynffon? Rhwng brws a chrafwr carn? Rho gynnig ar **GWIS MAES-Y-CWM** i weld a wyt ti'n haeddu cwpan!

1 Pa fath o ferlen yw Miaren?
- **a.** Merlen Shetland
- **b.** Merlen Gymreig
- **c.** Merlen Ucheldirol

2 Sut mae mesur taldra merlen?
- **a.** Mewn metrau
- **b.** Mewn modfeddi
- **c.** Mewn dyrnfeddi

3 Ar ba ran o gorff merlen wyt ti'n debyg o weld seren?
- **a.** Yr wyneb
- **b.** Y coesau
- **c.** Dan y gynffon

4 Pa liw yw cynffon Plwmsen?
- **a.** Brown
- **b.** Melyn
- **c.** Du

5 Pa ddillad yw'r gorau ar gyfer marchogaeth?

a. Pyjamas

b. Jîns a fflip-fflops

c. *Jodhpurs* ac esgidiau â sodlau isel

6 Beth yw ystyr 'trin' neu 'wastrodi' ceffyl?

a. Defnyddio brwsys i'w lanhau

b. Rhoi moron iddo

c. Ei roi yn ei stabl

7 Beth yw enw'r strapen am fol ceffyl?

a. Egwyd

b. Gwarthol

c. Cengl

8 Beth yw ystyr 'carthu'?

a. Glanhau'r stabl

b. Brwsio ceffyl

c. Bwydo ceffyl

9 Caseg pwy yw Liwsi?

a. Miss Mwsog

b. Jên

c. Alys

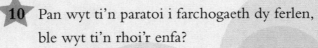

10 Pan wyt ti'n paratoi i farchogaeth dy ferlen, ble wyt ti'n rhoi'r enfa?

a. Ar ei charnau

b. Dan y cyfrwy

c. Yn ei cheg

11 Pa restr sy'n gywir, o'r arafaf i'r cyflymaf?

a. Carlamu, gogarlamu, cerdded, trotian

b. Cerdded, trotian, gogarlamu, carlamu

c. Cerdded, gogarlamu, carlamu, trotian

12 Beth yw enw perchennog Maes-y-cwm?

a. Miss Mwsog

b. Sali Sgrwmff

c. Natalie

13 Sut mae merlen yn teimlo pan fydd ei chlustiau tuag yn ôl?

a. Hapus, cyfeillgar a chwareus

b. Dig, mewn tymer ddrwg, neu'n ofnus

c. Cysglyd

14 Pwy sy'n byw yn yr un rhan o'r sgubor â Plwmsen?

a. Melfed

b. Miaren

c. Tyrbo a Mici

15 Beth yw enw babi merlen?

   a. Ebol

   b. Llo

   c. Oen

ATEBION

1. b; 2. c; 3. a; 4. b; 5. c; 6. a; 7. c; 8. a; 9. b; 10 c; 11. b; 12. a; 13. b; 14. c; 15. a

CANLYNIADAU

0–4 yn gywir: O-o! Wyt ti wedi cymysgu rhwng merlen a phengwin? Darllen *Miaren ar Werth* unwaith eto a rho gynnig arall arni. Galli di ddysgu am ferlod drwy ddarllen llyfrau a chylchgronau. Edrych yn yr adran llyfrau ffeithiol yn y llyfrgell. Dal ati!

5–10 yn gywir: Rwyt ti'n deall y ffeithiau sylfaenol, a bron yn bencampwr – da iawn, ti! Dal ati i ddarllen llyfrau a chylchgronau, a threulio amser yng nghwmni ceffylau a merlod. Byddi di'n arbenigwr cyn pen dim.

11–15 yn gywir: Rwyt ti'n haeddu rhuban enfawr am fod mor wybodus. Ond mae 'na ragor i'w ddysgu am geffylau a merlod, felly dal ati i ddarllen a mwynhau. Rwyt ti'n seren!